RENDEZ-VOUS,
PLACE DE L'HORLOGE

Il a été tiré de cet ouvrage 250 exemplaires, numérotés de 1 à 250, pour les abonné/es de la Collection de ville.

L'Atelier de création littéraire de l'Outaouais

Estelle Beauchamp, Pierre Boileau, Claudette Bois-Ryan, Florian Chrétien, Claire Desjardins, Maurice Gagnon, Marie-Claude Jean, Isabelle Lallemand, Lise Léger, Monica Pecek, Gabrielle Poulin, Richard Ranger, Louise L. Trahan

RENDEZ-VOUS, PLACE DE L'HORLOGE

Sous la direction de Gabrielle Poulin

Nouvelles

Prise de parole
Sudbury
1993

Données de catalogage avant publication (Canada)

Vedette principale au titre:

Rendez-vous place de l'Horloge

ISBN 2-89423-027-3 (rel.). — ISBN 2-89423-028-1 (br.)

1. Nouvelles canadiennes-françaises. 2. Roman
canadien-français - 20e siècle. I. Beauchamp,
Estelle.

PS8329.R46 1993   C843'.0108054   C93-093516-0
PQ3917.32R46 1993

Distribution au Québec
          Diffusion Raffin
          7870, rue Fleuricourt
          St-Léonard (Qc) H1R 2L3
          514-325-5553

PRISE DE PAROLE

La maison d'édition Prise de parole se veut animatrice des arts littéraires chez les francophones de l'Ontario; elle se met donc au service des créateurs et créatrices littéraires franco-ontariens.

La maison d'édition bénéficie de l'appui du Conseil des Arts de l'Ontario, du Conseil des Arts du Canada, du Secrétariat d'État et de la Ville de Sudbury.

Conception de la couverture : Le Groupe Signature

Copyright © Ottawa 1993
Éditions Prise de parole
C.P. 550, Succ. B, Sudbury (On) P3E 4R2

ISBN 2-89423-028-1 (relié)
ISBN 2-89423-027-3 (broché)

REMERCIEMENTS

Nous désirons exprimer notre reconnaissance aux personnes qui nous ont accompagnés tout au long de la rédaction et de la composition de ce recueil et plus particulièrement:

à monsieur **Pierre Pelletier**, directeur du Service de l'éducation permanente de l'Université d'Ottawa, à monsieur **Yvan Albert**, coordonnateur à la programmation, et à monsieur **Sylvain Leduc**, coordonnateur au perfectionnement professionnel et formation sur mesure; en 1989, ils ont mis sur pied un atelier de création littéraire qui a permis à des adultes de la région de l'Outaouais (ontarien et québécois) de s'initier aux techniques de l'écriture; depuis la fondation officielle (1992) de l'Atelier de création littéraire de l'Outaouais (l'ACLO), ils nous reçoivent dans un de leurs locaux pour nos réunions mensuelles;

à monsieur **Gilles Frappier**, directeur général de la Bibliothèque publique d'Ottawa; à monsieur **J. André Hébert**, directeur général de la Bibliothèque publique du Canton de Cumberland; à monsieur **Dave Thomas**, chef de succursale de la Bibliothèque publique de Gloucester; pendant le séjour de la coordonnatrice de l'ACLO comme écrivain en résidence dans leurs bibliothèques, ces directeurs ont accueilli à plusieurs reprises les auteurs de *Rendez-vous, place de l'Horloge* qui travaillaient à la préparation de leur manuscrit;

à madame **Liliane Pinard**, directrice générale de la Bibliothèque publique de Vanier, qui contribue depuis plusieurs années à la promotion des littératures franco-ontarienne et outaouaise.

INTRODUCTION

De l'enfance à l'âge mûr, de la vieillesse à la mort, certains êtres portent en eux l'image secrète, attirante autant que redoutable, d'un livre blanc qui les hante. Un livre oasis ou un livre mirage vers lequel chacun de leurs pas, leurs désirs, leurs amours et leurs morts eux-mêmes les pressent de s'avancer. «Je n'ai que cinquante ans. Si j'arrête de fumer et de boire, ou plutôt de boire et de fumer, je pourrai encore écrire un livre. Des livres, non, mais un seul livre, peut-être.» Ainsi s'exprime Lucas, le libraire de la petite ville où sont nés les fameux jumeaux dont Agota Kristof raconte l'histoire dans sa trilogie. Lucas est convaincu que «tout être humain est né pour écrire un livre, et pour rien d'autre. Un livre génial ou un livre médiocre, peu importe, mais celui qui n'écrira rien est un être perdu, il n'a fait que passer sur la terre sans laisser de trace.»

Les écrivains Emily Brontë, Alain-Fournier, Émile Nelligan, entre autres, ont cédé très tôt à l'envoûtement de l'espace magique que, même sur le mirage, les mots ont le pouvoir de créer et de rendre habitable. Leur livre, si mince soit-il, a creusé dans l'univers des traces plus réelles et plus profondes que bien des piétinements et des chevauchées de ce coursier du temps qu'on a accoutumé d'appeler la réalité. Quelqu'un ouvre-t-il le livre poussiéreux d'un inconnu, une femme ou un homme disparus depuis deux siècles, depuis cinquante ans, ou séparé de lui par des continents et des mers, les traces réapparaissent, couleur de sable ou couleur de sang; elles ont le pouvoir étrange de conduire celui qui les suit jusqu'au centre de lui-même.

Sur les treize auteurs de Rendez-vous, place de l'Horloge, l'écriture exerce, depuis toujours, sa mystérieuse fascination. Eux aussi sont convaincus qu'ils doivent écrire. Lucas croyait que la présence despotique de sa sœur était le dernier obstacle entre lui et son livre. Avec d'autres personnages d'Agota Kristof, ce libraire a reçu de la romancière le pouvoir de pousser les mots à bout pour venir à bout du réel et des mots. Comme dans toute œuvre vraiment littéraire, le moyen le plus radical de se débarrasser d'un obstacle, c'est, dans le Grand Cahier, dans la Preuve et dans le Troisième Mensonge, de s'attaquer au mot qui le contient ou le définit, de le mettre à nu, de le tuer littéralement. Dès lors, l'impossible peut arriver. Complice du rêve de Lucas, Agota Kristof met à sa disposition des mots aussi primitifs, aussi tranchants que des pierres, des mots aux arêtes vives, avec lesquels Lucas réussit à se débarrasser de la présence paralysante de sa sœur et à commencer son livre.

La fascination exercée par le livre-à-faire tient peut-être au désir inné de trouver, quelque part en ce monde enrégimenté, un espace de liberté totale et de totale gratuité. Chacun à sa façon, les auteurs de Rendez-vous, place de l'Horloge racontent leur aventure dans un univers qu'ils ont dû d'abord inventer pour pouvoir l'explorer et se l'approprier. Leurs textes sont écrits avec simplicité, sobriété et naturel. Ils disent l'enfance, le rêve, la création, l'amour et la mort. Ces thèmes, présents dans toute œuvre littéraire de fiction, les auteurs les renouvellent avec les mots justes d'une langue personnelle, cette langue intérieure, naturellement correcte, la seule qui puisse rejoindre l'autre, le lecteur à l'oreille et à l'œil justes.

Si chacun des textes relate une exploration intime, leur regroupement, en revanche, témoigne d'une aventure collective, inédite, qui a commencé il y a plus de trois ans déjà. Le rappel des principales étapes de cette aventure permettra au lecteur d'assister à la genèse du projet dont ce recueil constitue l'achèvement. En effet, le rendez-vous auquel chacun est convié n'est pas un rendez-vous improvisé; il a été précédé et préparé par d'autres rendez-vous dans l'espace et le temps privilégiés d'un univers arraché à la routine, aux conventions et aux modes.

Au commencement, c'est-à-dire ce 3 octobre 1989, il y eut dans l'air un appel qui fut d'abord aussi subtil qu'un parfum, aussi envoûtant qu'une musique. Tant de mots étaient restés en suspens depuis l'enfance, depuis la première année d'école où l'on avait découvert qu'il existe un moyen infaillible d'animer les choses inertes et de retenir les trop fugaces et fugitives amours, un moyen de rappeler les oiseaux en allés et de réinstaller le printemps au beau milieu de l'hiver. Une fois l'enfant parvenu à l'âge adulte, l'apprentissage de l'écriture devait-il donc aboutir uniquement à l'établissement d'ordres du jour, à la rédaction de rapports, de discours, de préparations de classe, à la traduction de textes de loi ou de livres de recettes? Si oui, pourquoi, de temps en temps, de plus en plus souvent à mesure que les années avançaient, se faisait-il entendre cet appel à retrouver le fil magique, à ressaisir les mots qu'on enfile juste pour rire ou pour rêver, pour se faire plaisir, pour écrire la lettre d'amour fou qu'on souhaiterait recevoir, pour se chanter à soi-même une chanson secrète, interdite ou improbable dans un monde de convenances et d'efficacité à tout prix.

Cet automne-là, le Service de l'Éducation permanente de l'Université d'Ottawa offrit à la population francophone des deux rives de l'Outaouais un atelier de création littéraire. L'on me demanda d'animer cet atelier. L'expérience était nouvelle pour moi. Je me laissai convaincre de la tenter. Dix-huit personnes, qui avaient entre vingt-cinq et soixante-cinq ans, s'inscrivirent. Pendant les dix semaines que dura cette session, leur spontanéité et leur enthousiasme ne cessèrent de me surprendre. Il n'y eut pratiquement jamais d'absence à nos rencontres du mardi soir. Fallait-il se passer de souper, braver la tempête du siècle ou revenir en toute hâte de Gananoque, de Montréal ou de Toronto, quitte à devoir repartir le lendemain matin, aucun obstacle n'était assez puissant pour compromettre le rendez-vous avec le groupe et avec l'écriture.

Que faisions-nous pendant nos deux heures d'atelier hebdomadaire? Nous découvrions, dans le geste gratuit et libre de l'écriture, le plaisir de l'exploration, la puissance des mots sauvages qui se rapprochent et se laissent approcher tout en gardant leur caractère farouche et leur fière désinvolture. Il suffisait que l'un ou l'autre d'entre nous exécute le premier pas d'une danse verbale pour que, sur la page blanche, les doigts de tous se laissent entraîner dans une chorégraphie inédite. Un mot, une couleur, un nom, une image ou bien un rythme était donné. Un jour, ce fut: «Parenthèse ouverte sur le sable noir»... Une fois la pompe amorcée, il y eut une eau limpide, abondante, il y eut une eau rouge comme le vin et féconde comme le sang. Chacun put boire et donner à boire. Le puits ne tarissait pas; il ne tarirait jamais. Ces exercices d'écriture libre, quelque peu automatique, jetaient les participants, liés par une sorte de champ magnétique, dans un état second. Ils permettaient aux mots les plus habituels de se libérer des bons usages qui les emprisonnent, des clichés qui les asservissent. Ils les autorisaient à tenter leur propre aventure et à instaurer, dans le désordre apparent, l'ordre toujours nouveau du «désir demeuré désir».

À cette activité s'ajoutait, à chaque rencontre, l'exercice de la critique. À la fin du cours précédent, l'animatrice avait distribué aux participants une copie du texte que chacun avait écrit pendant la semaine: récit, portrait, conte, nouvelle, poème. Ces textes ne devaient jamais dépasser la longueur d'une ou deux pages. La concision est une qualité indispensable à l'écrivain. Quant au pouvoir d'évocation, il répugne au verbiage. L'on devait corriger soigneusement ces textes et préparer une critique qui serait communiquée à tout le groupe et remise ensuite à l'auteur. Pendant les trois premières semaines, pour que *l'apprenti critique se sente bien à l'aise, l'anonymat de chaque auteur fut respecté. Les interventions étaient franches. Il fallait éviter la complaisance aveugle comme le dénigrement total, injustifié. Le jour vint, bientôt, où l'on se sentit en mesure de se dire en face, et de les recevoir sans broncher, les vérités nécessaires à la prise de conscience des qualités et des défauts, apprentissage indispensable au perfectionnement et au progrès toujours possible.*

Vers la fin des dix semaines, l'on avait accumulé assez de bons textes pour pouvoir préparer un recueil maison, qui s'intitula le Chemin du mardi. *Normalement, l'aventure collective aurait dû se terminer avec la dixième rencontre. Les participants souhaitaient continuer. Ils sentaient qu'ils avaient encore besoin les uns des autres. Ils demandèrent et obtinrent une seconde session. Quelques-uns durent partir. Des nouveaux venus vinrent combler les vides.*

Quand ces dix semaines de sursis s'achevèrent, l'on ne se résigna pas encore à la séparation. Des liens d'amitié s'étaient créés, de ces liens rares qui, habituellement, prennent des années à se former. L'écriture a son temps et son espace propres, dans lesquels elle fait tomber les masques et brise les barrières. Nul n'avait envie de s'éloigner de l'univers dans lequel l'écriture l'avait attiré. Certes, l'on pouvait, l'on devait même quitter les locaux habituels. Les murs avaient servi d'échafaudage. Ils pouvaient tomber: l'enceinte magique subsisterait.

L'on continua de se rencontrer presque chaque mois, chez l'un ou l'autre des amis, d'écrire ensemble, de se critiquer, de se donner des défis, d'écrire seul, chacun chez soi. Jusqu'au jour où l'on se mit à rêver d'un projet collectif: pourquoi ne préparerait-on pas ensemble un vrai recueil? Pourquoi ne le ferait-on pas enfin ce livre dont on avait toujours rêvé? La rencontre décisive eut lieu dans le cadre du Salon du livre de l'Outaouais, au printemps 1991. Il s'agirait d'écrire une nouvelle de quelques pages. L'on chercha ensemble, au cours d'un exercice où les mots les plus spontanés furent envoyés en éclaireurs, quel lien subtil, souple et, pour tout dire, vivant, aurait la vertu de relier les textes personnels d'auteurs de tempérament, d'expérience et de formation variés. Même l'auteur unique d'un recueil doit faire preuve de beaucoup d'astuce pour réunir ses propres textes et créer l'unité indispensable à partir de l'inévitable diversité.

Sans doute la parfaite complicité qui s'était établie dans notre groupe joua-t-elle en notre faveur. Le hasard, ou la disposition des lieux, fit que, ce jour-là précisément, nous étions assis en cercle, rapprochés les uns des autres comme si nous tenions un fil. Ou comme si un fil nous tenait. Le mot «heure» fut prononcé. Un premier tour de table... et chacun avait choisi son heure. Sur le fil circulaire, des nœuds s'étaient formés à notre insu. Nous étions devenus une horloge vivante. Le mot «couleur» surgit. Les heures se colorèrent comme d'elles-mêmes: «3 h: rose»... «15 h: lavande»... «17 h: vert»... «23 h: gris»... «13 h: noir»... Tout le prisme y passa. Le champ entier de l'imaginaire s'offrait à nous. Suscitée et nourrie par ce que Proust a appelé la «recherche du temps perdu», la création littéraire nous livrerait quelques-uns de ses secrets. Au cours des mois à venir, nous nous laisserions hanter par les couleurs évocatrices de notre spectre des heures.

Quand, à la fin de cette réunion, l'heure de nous séparer arriva, nous étions confiants que notre cercle ne se briserait pas. Il ne ferait que s'étendre. Nous écririons partout, à n'importe quelle heure du jour ou de la nuit: «20 h: orange»... «23 h 50: pourpre»... «Midi: sable»... «Minuit: bleu saphir»... Sur l'heure réelle, se profilerait l'heure fictive et vice versa: l'heure des rendez-vous amoureux, celle des rendez-vous avec la mémoire, avec l'enfance, avec les sortilèges de l'art, avec le songe, le délire ou la folie; enfin l'heure inéluctable de la mort, la sienne, celle de l'autre: l'enfant, la mère, la grand-mère, le vieil ami et confident, les fiancés, la chanteuse amie...

À chacune de nos rencontres ultérieures, dont la fréquence augmentait à mesure que l'heure de l'échéance approchait, les textes furent présentés à tour de rôle au groupe entier; ils furent commentés, discutés, critiqués, corrigés. D'un commun accord, nous avions décidé qu'ils seraient courts et, pour ce coup d'essai, nous nous étions engagés librement à accepter les contraintes et les lois, sinon le moule de la nouvelle, qui ont permis à d'autres, même à notre époque, des coups de maître. Si des auteurs reconnus et respectés ne se croient pas brimés ou entravés dans leur précieuse liberté parce qu'ils choisissent d'écrire des nouvelles de forme conventionnelle, pourquoi à des auteurs qui, pour la plupart, en sont encore, comme Lucas, à chercher les moyens d'écrire un jour leur propre livre, reprocherait-on l'utilisation de formes que la sève intérieure réussit toujours à parcourir pour les faire vivre, croître et se reproduire? Les arbres sont aussi beaux et aussi étonnants aujourd'hui qu'hier dans leur fidélité vivante à la forme fixe qui leur permet de paraître ce qu'ils sont. Tous nous savions que, comme la nature, «l'art vit de contrainte et meurt de liberté».

Un jour, tous les textes ont été jugés achevés. Ensemble, les participants ont trouvé à chacun sa place naturelle dans le recueil. Ensemble, ils se sont mis à chercher un titre, qui... s'est laissé chercher. En réalité, il était là, présent, depuis le début de toute cette aventure, à attendre son heure pour se manifester:

Rendez-vous, place de l'Horloge.

Presque partout, dans le monde, dans les plus grandes villes comme dans les plus petits villages, elle existe cette place à partir de laquelle chacun peut lever les yeux sur une grande horloge et, soudain, prendre conscience du caractère fugace de sa propre présence dans l'univers. C'est sur quelques-unes de ces places, ici, dans l'Outaouais ontarien et québécois, ailleurs: en Argentine, au Japon, à Hong-Kong, dans le nord ou dans le midi de la France, en Louisiane... que les auteurs donnent rendez-vous à leurs lecteurs. Mais c'est surtout vers une place tout intérieure qu'ils les invitent à venir, vers un espace à la fois ouvert et secret, dans lequel ils pourront entendre le mystérieux battement du sang dans les veines ou les pas de l'enfant, ceux de Pierre, Corrinne, Marc, Thérèse, Guillaume, Élise et Isabelle, les pas de cet enfant qu'il a lui-même été un jour, l'enfant qui ne s'est peut-

être jamais tout à fait résigné à céder le pas à l'adulte qu'il a dû devenir. Un espace de sable, couleur de rêve ou couleur de sang, l'espace noir de la séparation, l'espace bleu, pourpre ou violet des nuits tragiques.

Dans ce livre, pour mieux traverser l'univers obscur qu'elle explore, la plume s'est faite acérée comme une aiguille; pour le donner à voir, elle s'est laissée enfiler d'un fil multicolore. L'expérience humaine chante ou pleure dans la voix de la grande horloge. Grâce aux pouvoirs de l'écriture, une autre voix, intime celle-là, peut être entendue et reconnue. Audacieuse et fragile, elle se défend contre le tumulte et les grincements du mécanisme des modes qui passent et qui ne cesseront jamais d'être dépassées.

Gabrielle Poulin

PREMIÈRE PARTIE

La pourpre et l'indigo
Le ciel et l'enfer
Son beau visage entre mes mains
Toutes les caresses insolites
Je l'aimais pour la fin
D'un long chemin perdu

Alain Grandbois

Les couleurs et les sons nous visitèrent
en masse et par petits groupes foudroyants,
tandis que le songe doublait notre enchantement
comme l'orage cerne le bleu de l'œil innocent

Anne Hébert

CHOCOLATS BELGES ET CUPIDONS

Est-ce le café? L'émotion? Le sommeil ne vient pas. Laura se lève. Elle marche à pas feutrés, de peur de réveiller la maison. Elle ira au salon tenir compagnie à la nuit.

Elle passe devant la chambre. La porte est restée entre-bâillée. Décidément, il est des manies d'enfant dont on n'arrive jamais à se défaire. Elle soupire. C'est bien vrai! Il est là, son fils. Il dort chez elle, comme dans le temps. Elle le regarde. Ce soir, il dort d'un sommeil d'homme, mais, dans la position et sur le visage, il reste quelque chose d'enfantin. La tête rejetée en arrière, le front lisse, les muscles relâchés, il dort, abandonné, désarmé; il a laissé tomber son masque d'homme respectable; il dort sans souci des convenances, pour le plaisir de dormir, dirait-on.

La journée a été longue, enivrante. Comme chaque année d'ailleurs... depuis huit ans. Elle savait qu'il viendrait, fidèle au rendez-vous. Elle était passée chez le coiffeur, avait enfilé la robe achetée pour l'occasion et elle avait attendu à la fenêtre, derrière le rideau de dentelle, la main sur la boiserie décolorée. Elle avait attendu entre deux souvenirs et il était arrivé, comme prévu, dans le froid de février qui rugissait à pierre fendre. Il était arrivé de la ville, après deux heures de route: il se tenait là, devant elle, avec son gros bouquet, ses cœurs de Bruxelles et ses meilleurs souhaits pour la Saint-Valentin.

Depuis huit ans, il n'a pas manqué un seul de ces rendez-vous... presque clandestins. La sœur aînée n'y est jamais conviée. «Rien que nous deux, maman!» Et Laura en a toujours jalousement gardé le secret.

Depuis huit ans que cela dure. Chaque année, le même scénario. Ce soir encore, passé l'émotion des retrouvailles, il a d'abord été question du mauvais temps. Une phrase en amenant une autre, il en est arrivé à parler du bureau, de ses collègues comptables, de l'horreur que leur inspire la saison de l'impôt. Laura écoute beaucoup, parle peu. Elle a appris depuis longtemps à se tenir en terrain sûr. Les questions à son fils sur ses derniers exploits de photographie lui valent toujours un merveilleux voyage au cœur du règne minéral ou du règne végétal. En revanche, de l'autre sujet, ses amours... pas question!

C'est, en effet, une bien triste histoire. Il ne s'en est d'ailleurs jamais vraiment remis. Une histoire qui l'a démoli. Ginette! Une belle châtaine aux yeux bleus, les dix-neuf ans radieux, toute fraîche sortie d'une annonce d'Ivory, une copine d'école, une fille du village qui l'avait attendu pendant quatre ans. Ils s'étaient fiancés à Noël, comme il se doit, et, quand il était enfin revenu, son diplôme en poche, des idées de mariage et d'amour éternel plein la tête, il avait vu son bonheur pulvérisé: sa Ginette était tombée sous le charme du tout nouveau jeune médecin du village.

Cent fois il a cru mourir. Après les crises de larmes, les idées noires du début (il n'y avait que la mort pour effacer un si grand mal), est venue la rage. Il en a voulu au corps médical tout entier; à maintes reprises, il a parlé de comptes à régler avec la vie. Puis, un beau jour, tout bonnement, il a ramassé sa vie en miettes, a plié bagages et il est retourné habiter la ville dans l'espoir sans doute d'anéantir son chagrin au milieu des mondanités. Durant des mois, Laura est restée sans nouvelles. Quand on ne l'attendait plus, son fils est réapparu, au temps des fêtes, comme une âme sortie du purgatoire.

Le regain apparent de vigueur sonnait faux, cependant; au fond des prunelles, la lueur restait éteinte. Plus la moindre trace de l'adolescent rieur, jongleur, saltimbanque, magicien. S'il avait eu la jeunesse pétillante, il avait vite pris un coup de vieux. Le soir, lorsqu'il s'en allait faire la tournée des bars et des restaurants des environs, Laura s'inquiétait. Elle redoutait les lendemains de la veille et l'humeur en dents de scie du fêtard. Tantôt, un vif intérêt pour la vie du village: «Quoi de neuf à Saint-Tancrède, maman?» Il demandait même des nouvelles d'Anatole, le cheval de l'oncle Wenceslas. Tantôt, il reprenait un air absent, comme avalé subitement par un trou de mémoire. Le regard se fixait alors sur quelque vision intérieure. Il hochait bien la tête de temps en temps pour signifier qu'il était toujours là, mais le regard ne dépassait plus la frange des cils.

Quand il était reparti avec le Jour de l'An, Laura avait recommencé à se faire du mauvais sang. Elle avait égrené des chapelets, multiplié les neuvaines, invoqué sa sainte patronne avec une ferveur sans précédent. Aussi sa prière avait-elle été exaucée. Il était survenu, comme par miracle... le 14 février. Elle s'en souvient, comme si c'était hier. Il l'avait embrassée, l'avait longtemps gardée dans ses bras en la berçant, comme s'il venait de beaucoup plus loin: «Maman! Maman!»

Ce soir-là, Laura avait retrouvé son fils, exubérant, vif, animé. Et lui s'est senti si bien sans doute qu'il avait officieusement fait de cette visite de la Saint-Valentin une tradition. Chaque année, depuis, il revient à la maison, sans s'annoncer.

Depuis huit ans, le manège se répète. Pendant des mois, aucune nouvelle. Puis, une carte postale d'une île inconnue ou d'une forêt tropicale sur laquelle il a griffonné quelques mots: «Coraux féeriques. Papillons rarissimes!» Retour aux Fêtes. Les journées à jaser, les coudes appuyés sur la table de cuisine. Les soirées au village, à renouer avec d'anciennes connaissances. Et une visite éclair à la Saint-Valentin.

Demain, il repartira, dans le petit matin. Profession oblige! Laura sera triste, mais elle reprendra sa routine, aussi intéressante qu'un film muet. Elle déplacera à coups de plumeau une poussière imaginaire en écoutant d'une oreille distraite les rengaines de la radio; elle dînera en poursuivant le dialogue de la veille; elle parcourra le journal selon l'ordre habituel: mot mystère, naissances, décès, horoscope. Bien sûr, elle lira, en diagonale, quelque reportage sur le dernier coup d'État dans un petit pays lointain. Elle lira peut-être avec un peu plus d'attention la nouvelle locale qui paraîtra en deuxième page, sous un titre en caractère gras:

HUITIÈME VICTIME DU MEURTRIER DE LA SAINT-VALENTIN

Sophie Melançon, une belle châtaine aux yeux bleus, n'avait, à ce qu'on dit, que des amis...

Elle dodelinera de la tête devant la rangée de demoiselles saines et radieuses, fauchées en pleine jeunesse par un maniaque sanguinaire. Elle refusera de croire qu'on puisse être aussi méchant.

Songera-t-elle même à établir un lien entre ce fils qui dort, et l'assassin de la Saint-Valentin?

Lise Léger

PORTES SECRÈTES

La Treizième revient... C'est encor la première
Gérard de Nerval

Elle ne s'est pas méfiée. Tout s'est passé le plus naturellement du monde, parmi des éclats de soleil et d'eau, à l'heure de la sieste, un jour de juillet. Ne pas parler aux inconnus. Éviter les endroits déserts dans les parcs et dans tous les lieux publics. Villes et banlieues sont de moins en moins sûres. Tout le monde sait cela. Oui, mais... Il suffit de l'euphorie d'une heure de détente pour que la spontanéité prenne le pas sur la crainte. La vigilance résiste mal aux charmes de l'évasion. Les ombres paraissent moins menaçantes quand la prudence ferme l'œil.

Il y a non loin de chez elle une rivière splendide qui l'attire comme un fruit défendu. De sa fenêtre, elle ne peut l'apercevoir. Pour l'atteindre, elle doit quitter le côté domestique et prévisible des choses. Sortir de la maison, non pas par la porte principale, mais par une porte latérale, étroite, que nul ne peut apercevoir de la rue et qu'elle appelle sa porte secrète. Elle a pris un livre sur sa table de chevet, a relu deux ou trois poèmes, est allée chercher sa vieille bicyclette et, une fois franchie la barrière, s'est glissée dans le passage dérobé qui traverse la haie de

21

cèdres et débouche sur la rue voisine. Elle se dirige tout droit vers la promenade.

Le parc de stationnement est presque désert. Une grosse voiture noire, un très ancien modèle, à l'allure à la fois austère et douce, semble avoir été oubliée dans le seul coin d'ombre possible en ce début d'après-midi. Une forme se précise qui, de loin, paraissait faire corps avec le véhicule: assis au milieu du capot, un chat noir, filiforme et racé, ronronne avec volupté. Ses yeux de calcite jaune s'allument. La femme hésite avant de s'engager sur le sentier qui traverse le boisé pour aller se perdre, plus bas, dans le chemin du bord de l'eau. La côte est abrupte. Les freins grincent. Les pierres et le sable craquent sous les pneus. Dans un froissement d'herbe, un lièvre surpris file presque sous son nez. Elle résiste mal à l'envie de se retourner. Pourquoi le chat l'aurait-il suivie? Quelque part, tout près ou très loin, sur une branche invisible, une tourterelle triste se lamente. Le parfum de l'air a changé. Il est à la fois plus discret et plus envoûtant.

Enfin! La voici la toute-belle, la secrète, pleine de sourires et de pleurs, qui se joue des ciels et des abîmes, qui mêle le présent et le passé, la vie et la mort, le jour et la nuit dans chacun de ses remous. C'est elle, la perfide innocente, la limpide menteuse. Il faut appliquer les freins avec plus de conviction pour ne pas rater la courbe qui enlace la pente avec la force irrésistible du courant. Elle se laisse emporter, corps et âme, et rêve qu'elle s'en va, elle aussi, vers le fleuve lointain. Les yeux fixés sur l'eau, elle oublie le petit chemin gris et sage sur lequel avance, en la berçant, son humble monture. Elle vole, elle nage, elle danse, elle vit et elle meurt à chaque seconde. Elle ne sait plus rien du monde qu'elle a quitté il y a cent ans. Elle est une rivière intacte. Sans lenteur et sans hâte, elle s'en va vers la mer. La Mère, l'unique, celle des vivants et des morts.

En voie de s'immobiliser, sa bicyclette la rappelle aux

lois de l'équilibre. Elle prend soudain conscience de son isolement. Un sentiment d'inquiétude trouble son euphorie. Comme chaque fois qu'elle vient ici, elle souhaite ne rencontrer personne, mais, tout au fond d'elle-même, entretenue par la chronique quotidienne, surgit l'angoisse d'être une proie facile guettée par toutes sortes de chasseurs. Il suffit de peu pour qu'elle se sente rassurée: un couple d'âge mûr dont elle reconnaît de loin la démarche lente; une jeune femme accompagnée de son berger allemand; deux ou trois adolescents occupés à préparer leur canne à pêche... Parfois, rarement il est vrai, elle entend venir un véhicule d'entretien des parcs. Il se range et s'immobilise pour la laisser passer. Les ouvriers la saluent. Ils ont le sourire condescendant de ceux qui n'ont peur de rien parce qu'ils connaissent tous les arbres, tous les arbustes et jusqu'aux plus fragiles fleurs qu'ils doivent protéger contre de multiples dangers.

Est-ce parce que l'air est si calme aujourd'hui, la rivière si paisible, que la vieille angoisse a tardé à se réveiller? La téméraire doit se rendre à l'évidence: aussi loin que son regard peut la suivre, la route est déserte. Elle s'affole. Son souffle se fait plus court. La bicyclette ralentit d'elle-même. Pour poursuivre la promenade, il faudrait maintenant longer le petit bois. Il paraît hostile. Où fuir si quelque danger survenait de ce côté? Vieilles femmes étranglées, jeunes filles et adolescentes violées: tant d'histoires de violence dans les journaux, à la télévision, dans les films! Le ruisseau familier, dont la forme lui rappelle toujours la source tragique de Bergman, est presque à sec. Il a l'air squelettique. L'oiseau noir qui s'envole semble appesanti par un trop copieux festin. Elle se met à frissonner. Comme elle s'apprête à freiner pour tourner et rebrousser chemin, il se produit une chose étrange dans le lit sombre du ruisseau. Ses yeux, qui ont fixé trop longtemps la rivière éblouie, doivent la tromper. Autour des pierres, entre les pierres, des filets d'eau violette surgissent et se rassemblent en toutes petites flaques qui s'agrandissent à vue d'œil. Elle cesse de pédaler brusquement. Elle perd l'équilibre...

Des doigts effleurent ses paupières, ses joues, sa bouche. Elle tarde à ouvrir les yeux. Elle aime bien ce moment du réveil, quand la surprend la tendresse de l'homme qu'elle aime. Les caresses coulent sur son visage avec la douceur de l'eau. Ne croit-elle pas entendre le léger clapotis des vagues et sentir onduler sur sa chair le frisson de la rivière? La rivière! Que se passe-t-il? Comment se fait-il qu'elle se réveille dehors? Un cri immense monte de sa poitrine. La main ferme qui se pose sur sa bouche, c'est une main étrangère. Cette clarté trop vive n'est pas celle du matin dans le demi-jour de la chambre. Les yeux verts qui la fixent ne sont pas les yeux de l'homme qu'elle aime. Sa tête est posée sur les genoux d'un inconnu, à la barbe mal taillée, vêtu d'un costume noir. Elle voudrait que ce soient là les visions fugaces et inoffensives d'un cauchemar. Elle voudrait se réveiller. D'autres images se bousculent et l'assaillent: une voiture noire, mystérieuse, un chat noir, le petit chemin solitaire, la rivière, le ruisseau desséché, le sang répandu autour des pierres... Le vide... Et, maintenant, posé sur elle, ce regard inconnu qui a l'éclat mouvant des pierres luisantes d'eau et de soleil.

Que va-t-il lui arriver? Pouvoir appeler à l'aide. Elle essaie de lever la tête, mais se sent aussitôt prise de vertige. Elle a dû se blesser en tombant. Elle cherche à se rassurer. Elle doit surtout garder son sang-froid. Peut-être, après tout, l'homme ne lui fera-t-il aucun mal? De sa main libre, il éponge le filet de liquide chaud qu'elle sent couler sur son front. Mais pourquoi l'a-t-il emportée dans cette partie du sous-bois, invisible de la rive? Pourquoi s'est-il assis près du ruisseau et pourquoi la garde-t-il ainsi embrassée, la tête posée sur ses genoux?

L'homme lui murmure de ne pas avoir peur. Sa voix est sensible; sa langue, raffinée. Il jure qu'il ne lui veut aucun mal. Il s'excuse d'avoir mis la main sur sa bouche avec brusquerie. Il veut bien la retirer si elle lui promet de ne pas crier. D'ailleurs à quoi lui servirait-il de crier? Il n'y a personne au bord de la rivière à cette heure-ci. N'a-t-elle pas vu qu'il n'y avait qu'une seule voiture dans le parc de stationnement? Une voiture noire, venue d'une autre époque. Lui-même vient de plus loin encore, d'une époque élégante où les femmes étaient des dames dont les poètes pouvaient rêver et dont ils chantaient la douceur et la beauté. Tout en parlant, l'homme a diminué la pression de sa main. Il n'a gardé qu'un doigt sur les lèvres de sa captive aussi immobile et froide qu'une statue. Il lui dit encore qu'elle n'a perdu conscience que quelques secondes, que sa blessure n'est pas grave. Il s'est hâté de l'emporter vers l'ombre et a réussi à tirer un peu d'eau du ruisseau afin de rafraîchir son front. Il la prie de lui pardonner de la tenir embrassée et la remercie de lui permettre de pro-longer ce moment merveilleux où il peut de nouveau tenir une dame, sa dame, dans ses bras. Il y a si longtemps qu'il se promène seul dans les rues des villes, sur les chemins des villages, sur le bord des rivières, sur les sentiers des montagnes, dans les prairies. N'a-t-elle pas remarqué sa tenue de deuil? Celle qu'il aimait seule, qui était son étoile, celle-là qu'il appelait sa reine, sa rose au cœur violet, elle s'est éloignée de lui ou elle est morte: il ne sait pas. Depuis lors, il n'a cessé de la chercher le jour et la nuit, dans ce monde et dans l'autre. Parfois, il croit apercevoir la tresse de sa chevelure qui jette une lueur dorée dans la foule noire où il se sentait perdu. Il dit, le tendre fou, qu'il se promène dans ce monde comme dans une seconde vie...

Le doigt posé sur les lèvres de la femme a maintenant la légèreté de l'oiseau. Il glisse sur la joue, dessine un à un les traits du visage, se pose sur le front où il trace en tremblant des signes aussi étranges que des hiéroglyphes. Elle voudrait qu'il la laisse partir. Elle doit retourner à la maison. L'homme qu'elle aime va s'inquiéter et venir à sa rencontre. S'il allait la trouver ici, étendue près du ruisseau, la tête abandonnée sur les genoux d'un inconnu contre les caresses de qui elle n'ose même plus se défendre...

Quelque chose n'a-t-il pas bougé dans les herbes? Dans le silence on entend toujours l'appel langoureux de la tourterelle. L'homme a levé la tête. De nouveau l'on perçoit le froissement subtil. La tourterelle est tout près: n'est-ce pas là les petits cris saccadés de l'oiseau quand il se pose à terre? Distrait, l'homme a relâché son étreinte. Ses yeux verts scrutent les buissons. La femme se redresse. La forme noire hiératique, dont les yeux jaunes s'étaient allumés sur son passage, se précise. Juste au moment où le chat noir s'apprête à bondir sur l'oiseau à la gorge violet et or, l'homme en habit noir se lève brusquement. La tourterelle s'envole en poussant de faibles cris dans lesquels se mêlent les accents confus du soulagement et du regret. La femme fait un nouvel effort pour se lever tandis qu'une main se pose avec douceur sur sa gorge... Elle sursaute.

L'homme qu'elle aime est penché sur elle. Il a pris le recueil de poèmes resté ouvert sur les genoux de la dormeuse. Avec un ton tendre et moqueur, il lit de sa voix la plus douce:

> La Treizième revient... C'est encor la première;
> Et c'est toujours la Seule, — ou c'est le seul moment:
> Car es-tu Reine, ô Toi! La première ou dernière?
> Es-tu Roi, toi le Seul ou le dernier amant?...

Il l'embrasse en s'excusant de la réveiller. Il s'est inquiété de la voir prolonger sa sieste dans cette berceuse inconfortable. Elle semblait dormir lourdement. C'est vrai et il a bien fait. Elle se sent un peu courbaturée; ses jambes sont engourdies. Elle aurait besoin d'aller se promener au grand air avant de se remettre au travail.

Elle sort par la porte avant. Il n'y a pas de porte étroite, cachée sur le côté de la maison. Elle prend sa bicyclette dans le garage. Tandis que la treizième heure se prépare à desserrer son étreinte, elle traverse la promenade. Juste au moment où elle atteint le parc de stationnement, une grosse voiture noire aux formes surannées s'immobilise quelques secondes devant elle avant de s'engager sur la route. À travers le pare-brise, parmi les jeux du soleil, dans le bruissement silencieux des feuilles, des yeux verts se posent sur la promeneuse. Ils s'éteignent presque aussitôt. La voiture s'éloigne sans bruit en direction du Levant.

Le parc de stationnement est presque désert. En pleine lumière se dresse, seule, une petite voiture rouge vif aux lignes agressives. La femme ne se rendra pas jusqu'à elle. Elle a décidé de rebrousser chemin. Tandis qu'elle doit s'immobiliser avant de traverser la promenade, elle aperçoit, presque à ses pieds, un chat noir, long et mince, qui retourne lui aussi à la sécurité de la vie domestique. Il jette sur elle le regard lointain de ses yeux jaunes, la devance, traverse la rue sans précipitation, s'éloigne et disparaît. Avant de repartir, elle regarde sa montre. Il est quatorze heures.

Gabrielle Poulin

27

L'INSCRIPTION

À la façon dont notre instructeur de danse serrait le communiqué entre ses doigts, j'ai deviné que la nouvelle serait lugubre. Elle tenait la feuille tout comme on empoigne des fleurs que l'on offre en sympathie.

D'une voix timide, elle résuma les potins communautaires. Mine de rien, elle essaya ensuite de dissimuler sa petite annonce parmi les commentaires anodins de son bulletin. Ses yeux, tels ceux d'un bourreau involontaire, s'emplissaient de désolation et imploraient le pardon. Elle continua à lire, mais la sentence avait été rendue: tous les participants au cours devaient faire une présentation lors du gala annuel du centre paroissial. C'était une tradition!

Les femmes de ma classe auraient préféré la peine de mort! D'ailleurs, j'étais certaine que toutes avaient la même idée en tête: «seulement trois semaines pour se mettre au régime». J'essayais d'apaiser mon sentiment de panique, mais je savais que, à la soirée de l'exécution, les ballerines de cinq ans, les pseudo-experts de karaté et même les gymnastes du club de l'Âge d'or passeraient inaperçus. Horreur! Nous serions, malgré nous, le clou du spectacle: quinze femmes, à l'âge certain et à la taille arrondie, tentant désespérément de faire la danse du ventre! Comment avais-je pu me laisser persuader de prendre ce cours?

Après les annonces, nous nous étions dirigées vers le vestiaire. La place ressemblait habituellement à un poulailler: les femmes caquetaient, les vêtements revolaient et une ambiance de familiarité remplissait la pièce. Or, ce jour-là, on avait senti la présence du renard. À l'affolement initial avait succédé une inquiétude croissante pour Rita. Il faut bien le dire, en dépit de nos nombreux bourrelets et de nos excès de cellulite, nous n'étions que des poussins à côté de Rita. La mère poule, fort silencieuse, savait qu'elle serait la plus convoitée des proies.

Les semaines suivantes, pas un pépiement au sujet de Rita ni de notre spectacle. Ainsi, peut-être nous oublierait-on, ou encore mieux, nous réveillerait-on de ce cauchemar. J'ai passé le reste du temps à ne picorer que de maigres repas. Et je soupçonne les autres femmes d'en avoir fait autant.

Le jour du gala arriva. J'étais aussi heureuse qu'une poule devant le fermier qui s'avance avec sa hache! Au vestiaire, mes consœurs et moi nous affublâmes de nos costumes folkloriques sans dire un mot. Notre instructeur entra et nous vit le caquet rabattu. Aussitôt, elle ouvrit une boîte et chantonna d'une voix taquine: «C'est pour après le spectacle.» En voyant l'énorme gâteau au chocolat, nous nous remîmes à glousser. Après tout, c'était bien vrai, le supplice serait bientôt du passé. Le costume de Rita nous ramena toutefois au moment présent. À chacun de ses mouvements, aussi imperceptibles fussent-ils, ses bourrelets gélatineux dansaient d'anticipation. Je dois avouer que j'en étais horrifiée! Elle serait la risée de la soirée!

Point de temps pour nous morfondre; le roulement des tambours nous convoquait. Nous devions sortir sur scène et nous contorsionner au son de la musique tout en nous dirigeant vers les différentes tables de la salle. À notre surprise, Rita passa la première. Couvertes de glands de soie, de paillettes, de franges et de bijoux de fantaisie, nous ressemblions à des éléphants de cirque sortant sur la piste. L'éléphant colossal, à la tête de la file, marchait majestueusement, imposant sa présence et réclamant l'espace qui lui était dû. Ses pas, à la fois lestes et fermes, suivaient un rythme berceur. Lenteur et précision s'inscrivaient dans chacun de ses déplacements. Et nous, les éléphanteaux, dans notre inexpérience, la suivions, hélas! d'un pas incertain.

Une fois réparties aux quatre coins de la pièce, nous scandions la musique de nos bras et de nos hanches. Après quelques instants de dandinement, je m'aperçus que mes copines et moi aurions pu aussi bien être invisibles. Tous les yeux étaient rivés sur les splendeurs de Rita.

Elle avait repéré son mari. Devant ce vieillard chauve et trapu qui tenait un cigare, elle entama les gestes rituels d'une danse de séduction. D'abord, d'un gracieux mouvement spiralé, elle l'enroba de son voile et le transporta dans un monde qui nous était inconnu. Leurs regards plongèrent l'un dans l'autre. Qui sait ce qu'ils voyaient, ce qu'ils se disaient, ce qu'ils revivaient et ce qu'ils créaient? Seuls leurs visages radieux nous en donnaient des indices. Il me semblait qu'ils nageaient dans un univers où les âmes reprennent leurs formes parfaites et effacent l'usure des années.

Les yeux du mari palpaient et scrutaient sa femme comme les mains d'un aveugle qui parcourent un texte en braille. C'était comme s'il voyait une histoire imprégnée dans chaque pore de sa peau, dans chaque parcelle de son être. Ce soir-là, dans la salle, j'ai vu un homme relire la poésie qu'était sa femme. Je n'étais pas la seule à me sentir intruse devant cette lecture intime. La musique s'arrêta et fit place au silence. Les gens applaudirent timidement, ne voulant trop dévoiler leur présence.

À la fin de la soirée, Rita et son mari quittèrent le gala.

Un étranger n'aurait vu qu'un vieil homme déplumé tenant la main de sa femme très obèse. Moi, j'ai vu un paon à la queue déployée accompagné de sa femelle rengorgée de fierté, tous deux suivis d'un nuage de fumée de cigare aussi changeant, aussi imparfait et aussi éphémère que chacun d'entre nous.

Et c'est à cause de cette vision que je suis ici, ce soir, à m'inscrire au deuxième trimestre du cours de danse du ventre.

Monica Pecek

COMPOSITION, BRIQUE ET PAPIER

Vingt heures. Les ondes parisiennes diffusent du jazz. Un bon vieux blues envahit la pièce, épiçant le silence d'effluves de la Nouvelle-Orléans. Julie s'assoit devant sa machine à écrire. Elle ferme les yeux. Le Vieux Carré français se dessine sous ses paupières. Elle reconnaît la sensualité du saxophone et se laisse submerger par la voix rauque, anguleuse, de l'énorme chanteuse noire. Au fond, derrière les musiciens, surgissent le banc des touristes et celui des Noirs. Plus loin encore, passé la cathédrale, un coin d'immeuble en brique se découpe sur le ciel. C'est la limite de l'orange et du bleu pâle. Vingt heures. La chaleur décroît; lentement, les persiennes s'ouvrent sur l'imaginaire.

Dans un hôtel, tout près du fleuve Mississippi, l'hélice suspendue d'un ventilateur poursuit ses rotations. Elle éparpille la chaleur, la soumet à un vent agréable. Les fleurs imprimées sur les rideaux rappellent celles qui pendent aux balcons dans les rues avoisinant Bourbon Street. Une nounou noire, tout droit sortie d'un roman de Faulkner, est venue faire la chambre ce matin. Ses dents blanches, le bleu scintillant de sa robe ont laissé dans la pièce une bouffée du Sud. Les touches d'une machine à écrire résonnent dans la pièce. La frappe paraît irrégulière, comme si les pensées confuses s'écrivaient avec peine. Quatre mai. Le soleil s'abat sur la Nouvelle-Orléans. Quatre mai. Des couleurs et des conflits de race. Quatre mai. Les racines du jazz. Une touche après l'autre et puis un grand silence. Il faudrait que le soleil ne descende jamais plus bas que l'horizon. Pour que la brique luise, indéfiniment. Et que l'histoire se crée.

«Quatre mai. Mon roman n'avance pas. L'écriture se heurte à ce mur de brique sans arriver à le transpercer. J'essaie en vain d'en violer les contours, mais rien ne vient. La page à demi blanche me paralyse. Aussi, je préfère sortir.» Julie quitte sa chambre, abandonne l'hôtel où elle s'est installée pour écrire. Elle se dirige une fois de plus vers Jackson Square, vers le mur de brique qui résiste à son imagination. Tel un peintre qui viendrait, chaque soir, épier la couleur, la posséder en la fixant sur sa toile, elle contemple le coin orange, l'apothéose du flamboiement du soleil sur la brique. Elle sait que son sujet réside là, derrière le mur, dans le cadre de la fenêtre fermée. Mais que peut-il se passer derrière ces persiennes? Julie invente les silhouettes d'un couple. Des voix résonnent à son oreille, tendres d'abord, puis brutales. Une querelle. Julie entend la violence des mots lancés à travers la pièce. Elle discerne un peignoir, posé sur le lit. Il a la couleur légèrement saumonée d'une rose qui a fané trop vite. Le soleil disparaît. La brique redevient terne, sale; le mur, anonyme; la réalité, presque fade. Julie s'impatiente. Pourra-t-elle faire renaître la violence du Sud, la chaleur de l'histoire du Sud, celle des romans et des pièces de théâtre qui l'ont menée jusqu'ici?

La nuit est tombée. Julie se fait bousculer par un flot de touristes. Elle s'éloigne à regret de la fenêtre aux persiennes fermées. Elle craint de perdre le filament de son intrigue, de l'égarer parmi les bruits indésirables des promeneurs. Elle ne retourne pourtant pas à son hôtel. Ce soir, à l'écriture, elle préfère la vie. Elle ne passera pas une soirée de plus à ressasser les bribes d'une histoire qui se refuse à naître. Julie oublie ses personnages, ceux qui se battent à coups de mots derrière les persiennes. Un filet de jazz guide ses pas. Vivre au lieu d'écrire. À l'angle de la rue, un brouhaha éclate. Bourbon Street s'anime, lumineuse et bruyante. Julie se joint à la foule. Clubs de jazz et sex-shop se succèdent. La réalité bouillonne plus encore que dans les pièces de Williams. Les portes d'un club sont grandes ouvertes sur la rue. Julie y entre. Elle s'assoit à une table, face aux musiciens, commande une bière, examine les lieux, les visages. Très vite, son regard s'arrête sur le saxophoniste. C'est un jeune Noir aux yeux mi-clos dont le corps se balance. Comme elle cherchait à percer le mur de brique, Julie voudrait fouiller les yeux de l'homme pour voir ce qui s'y cache. Quand ils s'ouvrent enfin, ils rencontrent ceux de la jeune femme. Ils expriment cet air de satisfaction un peu las qui marque la fin de l'ivresse musicale. Julie est fascinée par ce regard. Elle voudrait en voler l'expression. Elle a trouvé le héros de son histoire, l'ombre qui évolue derrière le mur de brique. Si elle pouvait tout savoir de lui! Mais le visage de l'homme ne s'offre déjà plus à sa curiosité. Les musiciens saluent. Ils quittent la scène sous les applaudissements.

Quand le saxophoniste sort de l'établissement, Julie se lève. Elle décide de prendre son héros en filature. Dehors, elle détaille la démarche, la silhouette élancée, l'aisance du pas de l'homme. Il quitte Bourbon Street. Il oblique à travers la nuit. Quelques mètres en arrière, Julie essaie de lui créer un passé. Le Sud, le coton, l'esclavage, la naissance du jazz, la décadence de l'aristocratie. Elle revoit les plantations, réinvente le désir sous les magnolias, la voie exiguë de Camino Real. L'homme emprunte une ruelle étroite. Quand Julie s'y faufile à son tour, il a disparu et elle se retrouve seule, terriblement seule, dans une cité inconnue. Le monde de l'imaginaire se dérobe. La nuit retrouve sa violence. Julie a peur. Une main lui saisit le bras. Deux yeux noirs fixent les siens. «Pourquoi me suivez-vous?» Julie balbutie, bredouille qu'elle s'est égarée. L'homme fait glisser sa main le long du bras de la jeune femme et l'attire vers lui. Julie répète qu'il s'agit d'un malentendu, tente d'expliquer puis se tait. Elle se laisse entraîner par le saxophoniste. Elle n'a plus peur, mais elle ne sait plus si c'est là une histoire ou si c'est sa vie. Dans l'obscurité, elle reconnaît Jackson Square, la cathédrale Saint-Louis. Elle devine le mur de brique. L'homme la tire par le bras en direction de l'immeuble gris. Il la pousse dans l'escalier jusqu'au dernier étage. Elle voudrait écrire cela: la nuit, le silence, l'odeur fétide de l'escalier, le passage à travers la brique. Mais, démunie, elle se laisse guider vers la chambre, vers le lit. Malgré l'heure tardive, le mur prend un ton orangé et se remet à flamboyer.

Quand elle s'éveille, elle sent un souffle frais sur son visage. Le jeune Noir est adossé à la fenêtre. Il caresse un peignoir en éponge saumon. Il sourit. Puis il vient poser le peignoir sur le lit, tout près d'elle, salue la jeune femme et se dirige vers la porte. Une fois seule, Julie observe les objets qui l'entourent. Beaucoup de photos, des visages. Elle imagine une famille, le frère aîné monté à New York, plongeur dans un restaurant, la mère, les frères et sœurs vivant à l'autre bout de la ville, en plein cœur du quartier noir. Sous la dernière photo, Julie découvre avec plaisir le clavier poussiéreux d'une vieille machine à écrire. Sans plus réfléchir, elle se lève, enfile le peignoir dont les manches trop longues lui tombent le long du corps, les retrousse et s'installe devant la machine. D'un doigt mal assuré, elle frappe les touches dans la semi-pénombre des persiennes fermées. L'écriture supplante de nouveau la vie. Plus Julie frappe, plus le monde devient net, défini, hors du temps. L'homme rentre le soir, après le club de jazz. Il repart dans l'après-midi. Julie n'a pas conscience que les jours défilent. Les yeux rivés sur la page noircie, elle ne sait plus où elle se trouve. Il ne reste que les persiennes closes, une hélice qui tourne au plafond, les accents ponctuels du jazz. Mais elle s'échappe encore.

L'écriture la conduit au centre des banlieues noires. Elle suit une nounou aux dents blanches et à la robe turquoise. Elle la voit avancer, un panier à linge serré contre sa taille. Alors qu'elle la rejoint, la porte s'ouvre. Julie sursaute. La vie la surprend avant l'heure. Julie résiste. Elle ne tourne pas la tête. Elle essaie de poursuivre sa route vers la nounou noire, mais deux mains l'agrippent aux épaules. L'homme crie des mots qu'elle saisit à peine. Ses yeux sont voilés par l'alcool. La jeune femme tremble sous ce regard. Dans le visage devenu familier, elle tente de retrouver la douceur. Seule la violence subsiste. L'homme est ivre. Elle lui dit qu'elle a peur. Il vient de perdre son emploi. Il accuse Julie. C'est elle qui le détourne de la musique. Il arrache la feuille de la machine à écrire. Elle doit cesser de chercher du romantisme dans le Sud, ouvrir enfin les yeux sur la vie plutôt que d'essayer de réinventer l'histoire. Elle ne peut rien comprendre, elle, étrangère et de race blanche. Seul le jazz fait oublier le chômage, la misère du moment. Julie proteste. Le présent est bon. Autrefois, il serait né esclave. Il la gifle. Qui lui a donné le droit de juger? Elle répond qu'elle va partir. Elle quittera la chambre dès demain, à vingt heures, le temps de regarder le mur de brique s'embraser, une dernière fois, depuis la place. Il la traite de folle. Il hurle qu'un mur de brique n'est rien d'autre qu'un mur de brique sale et terne et triste. Elle s'approche de lui, pose la main sur l'épaule sombre, mais il la repousse. Il dit que sans la musique, sa vie est foutue. Il sort enfin. Toute la nuit, derrière les persiennes, la jeune femme entend la plainte du saxophone, tenace et solitaire. Il lui faut se remettre à écrire, exprimer la douleur cuisante sur sa joue. Elle se sent désormais incapable de courir après la nounou noire qui s'est enfuie bien vite, son panier à linge sous le bras. Elle ne peut que noter la faible lueur de la pièce, la violence des mots, son propre isolement. Tout se mêle, les personnages des livres, la chaleur sur sa joue, la vie et l'écriture. Et puis c'est le silence, un silence total. Julie se demande si l'homme va revenir. N'est-ce pas lui qui monte? La porte reste close. Épuisée, Julie s'endort, enveloppée dans le peignoir saumon.

Le matin est brumeux. Dans sa chambre d'hôtel, Julie ne sait comment reconstituer les fragments de son roman. Elle ne sait quelle fin lui donner. Elle se dit que le flamboiement n'aura pas lieu ce soir, vu la couleur du ciel. Il vaut mieux partir au plus tôt. Elle téléphone pour qu'un taxi vienne la chercher à son hôtel, près du fleuve Mississippi.

À l'instant où l'avion pour New York survole la ville, le ciel se dégage. Le soleil de vingt heures apparaît, plus luisant que jamais. Julie remarque le carré de rues rectilignes du vieux quartier français. Elle croit même distinguer une place pavée, la flèche d'une cathédrale et, à droite de la tache grise et de la ligne blanche, un petit point orange, infiniment brillant. Mais ses yeux ne l'égarent-ils pas de nouveau? N'est-ce pas la fin de l'histoire qu'elle écrit qui déforme le réel?

Vingt-trois heures. L'émission de jazz se termine. Julie fixe le clavier. Elle comprend que son roman est mûr et achevé. Comme elle se penche sur la machine, les manches retroussées de son peignoir viennent s'affaisser sur les touches. Elles sont d'une couleur étrange vaguement saumonée.

Isabelle Lallemand

MARC

Ce soir, l'équipe de baseball de catégorie benjamine s'entraîne. Marc arrive au stade. Il a chaussé ses espadrilles, revêtu son costume d'éducation physique et porte sa casquette aux couleurs des Expos. Il s'assoit dans les estrades. Il dépose près de lui son gant: une balle y est enfouie, tout au fond, comme si elle craignait quelque chose.

Marc espère qu'on l'invitera à s'entraîner. Il n'ose pas s'avancer et demander à faire partie de l'équipe. Il compte sur la chance pour réaliser son rêve. Il s'était inscrit pour jouer, mais le soir du camp de sélection, il avait eu un cours de dessin.

Il connaît ses capacités. Il ne lance pas aussi bien que Luc, le lanceur attitré du club, mais il frappe mieux. Si on l'invitait, il est certain qu'il pourrait décrocher un poste au champ extérieur. À l'encontre des autres joueurs qui trouvent cette position peu spectaculaire, Marc adore attraper les longs ballons et, avec des lancers précis vers les buts, essayer de retirer les coureurs.

Seul dans les estrades, il observe les gestes des différents joueurs et imagine ce qu'il ferait dans telle ou telle situation. Il est convaincu qu'il serait aussi bon qu'au moins la moitié des joueurs sur le terrain. Il souhaite que l'instructeur, monsieur Beaudoin, l'aperçoive et l'invite à se joindre au groupe. Il accepterait sans hésiter et, après l'exercice, on lui confirmerait qu'il fait partie de l'équipe.

Tiens! Voici Bruno qui arrive, en retard comme d'habitude. Il se dirige en courant vers monsieur Beaudoin et lui dit quelque chose que Marc n'entend pas. L'instructeur hoche la tête et fait signe à Bruno de rejoindre les autres. Le meilleur frappeur de l'équipe est à l'abri de bien des réprimandes.

Les joueurs regroupés par deux s'exercent à lancer. Marc voit venir sa chance: il faudra quelqu'un pour former un duo avec Bruno. Il enfile son gant et se glisse sur le bord de son siège. Il saisit la balle et la lance à quelques reprises dans son gant pour que celui-ci reprenne sa forme.

«Martin! Martin, viens ici. Tu lanceras avec Bruno.»

Un petit garçon s'avance hors de l'abri des joueurs. C'est le fils de l'instructeur. Il joue dans une catégorie inférieure. Marc est soufflé, il vient de rater sa chance. Il repose son gant. Il sait qu'il devrait s'avancer et expliquer à l'instructeur qu'il avait un cours de dessin en même temps que le camp de sélection, lui dire qu'il est assez bon pour faire partie du club. Il pourrait insister: «Donnez-moi une chance, vous n'avez rien à perdre...» Sa mère lui a fait ces recommandations quand il a voulu qu'elle appelle monsieur Beaudoin, qu'elle fasse la démarche à sa place. Il a plutôt eu droit à tout un discours: «Tu n'es plus un enfant et tu dois apprendre à foncer dans la vie.»

Autant il se voit sur le terrain en train d'effectuer le dernier retrait ou de produire le point victorieux avec un coup sûr, autant il craint, sans raison, de demander à jouer. Hier avant de s'endormir, il a même répété toute la scène. On dirait que le fait de l'avoir imaginée, la confine au domaine du rêve. Il sait qu'il s'en voudra: il s'en veut déjà. Sa mère sera déçue... Il ne peut pas.

Les gestes des joueurs lui sont maintenant indifférents. Le soleil couchant dore le sable du terrain, il faudra bientôt allumer les projecteurs. Marc jette un dernier coup d'œil vers l'instructeur, espère le miracle sans vraiment y croire. Il soupire, saisit son gant et descend vers la sortie. Il quitte le stade sans regarder en arrière.

En chemin, un souci s'ajoute à sa déception: il devra essayer de s'expliquer à sa mère. Il entre. Il est soulagé: elle travaille au sous-sol.

«C'est toi Marc?

— Zut, elle m'a entendu!

— Oui!

— As-tu parlé à l'instructeur?

— ...

— Non! J'aurais dû m'en douter. Mon pauvre Marc, tu n'apprendras jamais à te débrouiller.»

Marc n'écoute déjà plus. Il se dirige vers sa chambre, s'installe à sa table et, sans prendre le temps d'enlever sa casquette, se met à dessiner.

Quand sa mère vient lui dire qu'il est l'heure de se coucher, Marc lui montre le dessin d'un chevalier qui terrasse un dragon. Elle le félicite: la scène est très réussie. Marc s'aperçoit alors que le sol de la forêt où achève de mourir le monstre a les mêmes reflets d'or que le terrain de baseball au soleil couchant.

Pierre Boileau

LE PORT AUX PARFUMS

Léandre vient de se rendre compte que tout s'écroule. Ses amours, sa dignité, sa vie. «Tout est bien fini! On ne refait pas un amour brisé!» s'entend-il prononcer en soliloque.

Comme le moribond récapitule en un clin d'œil, dans un éclair de lucidité, la trame de sa vie... Léandre fait la relecture de son existence. Avec acuité, il saisit la précarité des liens d'amitié, la fragilité du bonheur d'être aimé. Vision globale, nette et crue. Il se voit en train de grignoter les restes du fruit blet qu'il lui aurait fallu, plus tôt, croquer à belles dents. Le fruit est aujourd'hui talé.

Le ciel de Hong-Kong est encore gris des vapeurs du matin. Grise, la mer. Grise, l'âme de Léandre.

Accoudé au parapet de la terrasse de l'hôtel, le regard plongé dans le vague de l'horizon, Léandre se sent écrasé sous la lourdeur d'une tristesse tenace. Le sortilège de l'aube naissante, la sensation d'évasion que crée le dépaysement le jettent dans une sorte d'état second, ouvrent les écluses de la mémoire et déclenchent la remontée des souvenirs. Sa vie se présente devant lui en une projection rapide où toutes les séquences se précipitent et s'emboîtent. Jeunesse endiablée, âge mûr dominé par la passion du travail, sérénité rêvée du troisième âge, hypothéquée par tant de ruptures. Conscience claire d'un accroc au tissu de son existence. Une maille a filé. «On ne refait pas un amour brisé.» Le refrain résonne sourdement au fond de lui comme le gong du temple Hachiman de Kamakura. Comme le signal d'alarme d'un incendie. La nuit dernière, Lucette lui a lancé la torche incendiaire: «Je ne t'ai jamais aimé.»

Léandre s'est levé tôt. Tandis que repose encore le groupe de touristes qu'il a lui-même recruté et piloté, auquel il a servi d'interprète à Honolulu et à Tokyo, il descend à la mer.

Entre Lucette et lui, depuis longtemps, la relation s'effrite. La monotonie du quotidien n'a cessé de miner peu à peu le sol friable de l'entente. Ce voyage n'aura servi qu'à saper les bases de la maison. Puerto la Cruz, Margarita, Paris, Niamey portent l'empreinte d'une blessure toujours remise à vif. Les regs du Sahara, les ergs du Ténéré n'ont fait que raviver des cicatrices jamais refermées. Le voyage n'a-t-il pas la vertu d'éprouver la qualité d'une relation amoureuse? Il rapproche ou éloigne.

Mais déjà la ville s'éveille. Les premiers tramways grincent au démarrage. Autour des sampans tassés en rangs serrés comme un pont continu, des volées de mouettes piaillent, tristement. La brise matinale charroie des relents de varech et des odeurs de cuisson. Le Victoria Peak a laissé tomber sa cape de brume; il ceint sa tête d'un cumulus éclatant. La mer retrouve son bleu tropical. Léandre ramasse sa vie.

Devant lui s'étale la gerbe des gratte-ciel de la péninsule de Kowloon où fourmille une population cosmopolite à couleur chinoise. Derrière, se dresse une autre forêt de tours d'habitations. Chaque fenêtre recèle son secret. En chaque cellule de la fourmilière humaine se joue le jeu de la vie. La paix du bonheur loge-t-elle dans ces orgueilleux entassements ou s'épanouit-elle dans les misérables masures des millions d'immigrés chinois, accrochées aux flancs des collines? Se peut-il qu'elle se trouve dans les mille et une boutiques regorgeantes d'objets divers? Le bonheur de l'amour se trouve-t-il ailleurs? Ne serait-il pas dans le cœur des hommes?

À mesure que le soleil s'élève au-dessus de la ligne d'horizon, que montent les bruits de la ville, la marée prend d'assaut les battures de la plage. Léandre sent des vagues de désespoir battre les parois de son cerveau comme le sac et le ressac sur les pierres de la jetée. Trou noir du dégoût. Le spectre du romancier suicidé, Yukio Mishima, vient hanter son esprit. Une ombre sinistre plane sur sa conscience. Il serait si facile d'en finir. Les flots complices feraient croire à une simple absence prolongée. Rejoindre le groupe? Non. Un pressant besoin de silence, une passion de solitude s'emparent de lui. Il ne paraîtra pas au petit déjeuner. Il ira musarder dans les rues du vieux Hong-Kong, s'attardera à observer la ville flottante des sampans. Il voudrait se mêler à la foule des inconnus. Pour se libérer des liens sociaux, s'affranchir des contraintes conjugales. Sursaut d'un désir d'indépendance, tiraillement d'une soif de liberté.

Deux valeurs ont inspiré sa vie: le travail et la liberté. L'amour a été relégué au troisième plan. Franchi le cap de la soixantaine, Léandre retrouve le besoin d'aimer, d'être aimé. L'amour reprend ses droits. L'angoisse de voir sa vie s'écouler dans la privation du bonheur de l'amour le projette en plein désarroi. L'image de Takako, incarnation de la grâce féminine japonaise, traverse sa pensée. Tokyo n'est pas si loin. Une heure de vol. Un amour était né, entre les leçons, à l'école de langue de Shibuya.

Il erre, hagard. Promène sa rêverie dans les dédales du centre-ville, comme un somnambule. Au milieu de l'après-midi, il se retrouve avenue Churchill. Deux racoleuses lui saisissent le bras au passage. Il se laisse entraîner dans l'obscurité d'un salon. Endormir le mal de la solitude. Rien que pour se changer les idées. Vingt minutes d'innocentes approches, en compagnie de deux aguichantes Chinoises, lui coûtent huit cents dollars. Dépité, il s'enfonce dans un bar. Commande un saké chaud. Mais la nana ne possède pas le raffinement des geisha de Sakura-machi. Sans s'en rendre compte, Léandre se retrouve place du grand quai où affrète le *China Mail*. Port aux parfums! Vieux fleuron de la maîtrise britannique des mers orientales! L'activité portuaire le captive un moment. En face, de l'autre côté de la rade, l'aérogare bourdonne de départs et d'arrivées. Il a envie de partir. Il sent des fourmis dans sa chemise. Nostalgie, fascination, ardent désir de revoir Takako aux yeux en amande, prunelle noire comme ses cheveux. Envie de remplir sa vue des fleurs de sakura, des chrysanthèmes géants. Surtout, désir de l'ailleurs. Ailleurs en amour... le démon du midi lui vrille les entrailles. Ailleurs en d'autres lieux... pour échapper à cet état de dépendance contre nature. Ailleurs dans le temps... pour rattraper les bonheurs perdus.

À ce désir de l'ailleurs, il cède déjà. Il franchit le Pacifique, retrouve «son» Japon. Seul. L'an dernier, il a failli y établir sa demeure en permanence. On lui offrait un poste de professeur de français. Que n'a-t-il accepté? C'est avec une folle nostalgie qu'il a retrouvé ce Japon qu'il avait tant aimé et qu'il aime encore. Il l'a retrouvé foncièrement le même après dix-sept années d'absence, ingénieux, dynamique, ambitieux, fascinant par ses contrastes, nuancé comme son climat, imprévisible comme ses volcans, à la fois avant-gardiste et soucieux du respect des traditions, un Japon toujours aussi attachant qu'insaisissable. Une incontrôlable ivresse s'est emparée de lui. Revoir ce Japon qui lui a pris les meilleures années de sa vie, la moelle de sa vigueur; ce Japon qui l'a auréolé d'un nimbe de notoriété. Léandre se sent transporté, grisé. Il redevient l'homme d'autrefois, libre, grand. Le Japon, pour lui, c'est plus qu'un lieu, plus qu'un parfum d'exotisme. C'est une manière de vivre, une vision sublimée de l'existence. C'est la musique du langage, le raffinement de la politesse, la sobriété de l'émotion. C'est le claquement sec des sandales de bois sur les dalles, la poésie des châteaux blancs de l'époque féodale, le susurrement des bosquets de bambou, le gong et l'encens des temples. Le Japon, c'est la prunelle d'ébène des femmes, le candide minois des enfants. Lui revient en mémoire ce poème classique de Buson, le maître du haïku, qui traduit son tourment:

Devant le chrysanthème blanc
Ils hésitent un instant
Les ciseaux.

Sa compagne ne partage pas son enthousiasme. C'est précisément cette ivresse qu'elle lui reproche.

«Le Japon te dépossède de toi-même.»

Et recommence la litanie des reproches.

«Tu te promènes nu, ostensiblement, dans les stations thermales. Pourquoi t'occuper des valises de tout le monde? Et ton casque de Mao, ça signifie quoi? Un tableau de la baie de Hong-Kong, prétends-tu pendre ça dans mon salon?»

Lucette est le genre de femme qui gouverne son homme comme une amazone sa monture. Pas un mouvement ne lui échappe. Paroles et gestes sont contrôlés.

«Assieds-toi là. J'ai à te parler.»

De sa chaise berçante, elle lui désigne le fauteuil d'en face:

«Saligaud, menteur, illuminé, orgueilleux, alcoolique, énervé, abuseur, hypocrite, maniaque.»

Et comme un amen au bout de la litanie, elle lui déclare tout net:

«Je ne t'ai jamais aimé.»

Il le savait. Ces mots ne sont que l'explicitation d'une réalité ressentie depuis longtemps. Ils ne sont que l'écume qui couvre la cruelle froideur d'une onde sournoise. Chaque soir, Lucette se montre fort occupée. Elle s'arrange pour ne se mettre au lit que deux heures après qu'il se soit profondément endormi. «Je ne t'ai jamais aimé.» Il savait que ce dont elle avait besoin, ce n'était ni d'un mari ni d'un amant, mais d'un homme à la maison, un homme à tout faire. Il jouait son rôle... mais se sentait malheureux, dépossédé.

Lucette avait voulu s'attacher son homme par le sacrement. Ses croyances le lui dictaient. Mais par un mariage secret. Sans inscription aux registres civils. Pour sauver sa pension des veuves. Pour conserver la rente de veuve de vétéran blessé de la dernière guerre.

Le séjour en sol japonais n'avait pas été de tout repos. Tout au long de ces quatre semaines, Lucette n'avait cessé de le harceler. La plus anodine réflexion, le moindre geste de sa part avaient l'heur de provoquer chez elle un rictus moqueur. Il ne pouvait être à elle; il se devait à tous. Il ne lui appartenait pas; il ne s'appartenait pas. Sa connaissance de la langue japonaise le rendait indispensable auprès de tous. Cela même la rendait jalouse. Il aurait fallu qu'il n'en sache pas un mot. C'était là un autre sujet de reproche:

«Tu rêves en japonais. Tu prononces des noms de femmes. Takako? Sumiè? Keiko?»

En dépit de l'avalanche des reproches, la vie au Japon avait été assez supportable.

À Hong-Kong, les déboires s'accumulent et la pustule crève. Le guide du Japon n'est plus là. Le groupe s'en remet à Léandre pour tout: les valises sont en retard; les réservations d'hôtel n'ont pas été confirmées; il faut discuter avec le gérant, téléphoner au Club Aventure à Montréal. Léandre veut assumer ses responsabilités. Il se croit obligé de tout prendre en main. Enfin, il confie la tâche des formalités à Yolande, la parfaite bilingue d'Ottawa et vient s'asseoir près de Lucette. Elle est de glace. Elle rage de dépit, le foudroie du regard, le boude pour le reste de la journée. Attitude coutumière dont il souffre en silence. Léandre s'exprime peu. Le mal le ronge de l'intérieur.

«Il faut que je revoie Takako», se dit-il. Il a mis du temps à prendre une décision. Dès cet instant, il n'y a plus de place pour l'hésitation.

Il retient vite un siège sur le prochain vol de la Japan Air Lines à destination d'Osaka. L'heure d'attente lui donne tout juste le temps de prévenir Takako par télégramme. Il court à son hôtel. Personne. Tous sont absents. C'est précisément la journée prévue pour l'ascension du mont Victoria où le téléphérique offre une vue splendide sur toute la baie, la péninsule de Kowloon et l'île de Hong-Kong. Prestement, il boucle ses malles, saute dans un taxi, file à l'aéroport. L'ambivalence de ses sentiments ne lui permet pas de faire le partage de ses émotions. Serait-ce le prélude d'une rupture définitive? Lucette décidera-t-elle de ne pas quitter Hong-Kong aussi longtemps qu'il ne se montrera pas? D'autre part, retrouvera-t-il la même Takako?

Les hublots ne laissent plus rien voir. Léandre ne trouve plus où accrocher son regard. Il n'a plus qu'à le replier sur lui-même. Introspection pour laquelle il ne se sent pourtant pas le goût. Il a tout lâché, s'est jeté dans le vide, vogue vers l'inconnu. Le «Je ne t'ai jamais aimé» vaut-il le «Je t'aime, mais tant de choses nous séparent»?

D'Osaka, le *Shinkansen*, nouveau train ultrarapide qui frôle le rail à quelque 230 km/h, le catapulte à Tokyo en moins de deux heures. En gare de Ueno, son regard balaie la foule entassée sur les embarcadères. Il croit apercevoir la silhouette de Takako. C'est bien elle. Manteau gris, foulard rouge, petite taille, cheveux flottants. Retrouvailles pleines d'émotions. De longues années de séparation ont aiguisé leur appétit de tendresse. Une auberge style japonais abrite leur intimité. Le *ryokan* est en effet plus familier à Takako que les grands hôtels de type occidental. Et la circonstance ne suggère pas le Business Hotel si populaire auprès des voyageurs de commerce.

Dans trois jours, le groupe s'embarquera de Hong-Kong pour Montréal. Première escale à Tokyo. Mais lorsque l'avion de la Korean Air Lines touchera la piste de Narita, Léandre ne sera déjà plus en terre japonaise.

À Mirabel, Lucette descend la dernière, dans le matin gris. Ses pas chancellent sur la passerelle qui tangue.
Un oiseau blessé,
Haletant, battant de l'aile,
Regagne son nid.
Sous une autre latitude, au même instant,
Poursuivant l'«ailleurs»
Il hésite à se poser
L'oiseau migrateur.
Non, on ne refait pas un amour brisé. On en porte le deuil.

Florian Chrétien

TANGO

C'est la musique des solitaires, des femmes sans avenir et des hommes au passé douteux. Elle ponctue les amours éphémères et le départ des navires, elle conserve dans les dancings de luxe et les salles de spectacles un parfum de misère et de marlous. Elle promet l'aube aux moins-que-rien; dans les cafés de quartier, loin des modes, elle berce les danseurs du dimanche, ni beaux, ni riches, ni jeunes. C'est dans un de ces bals modestes, entrevu dans un documentaire télévisé, que je rêve d'aller entendre psalmodier un chantre au visage d'ascète. Mais le moyen, pour une touriste seule et pressée, de dénicher l'adresse de ces musiciens anonymes, de se faufiler dans la vie quotidienne d'une ville inconnue? Je suis en vacances dans la Mecque du tango et je n'y reviendrai peut-être jamais. Une solution bancale s'offre à moi: me rabattre sur le tour organisé, de l'hôtel à l'hôtel, en toute sécurité, «Buenos Aires *by night*», un spectacle «authentique» offert par des artistes de «renommée internationale», un million de pesos — trente et quelques dollars — consommation et pourboire inclus. Mieux vaut un ersatz de tango que rien du tout. Si je pars d'ici en manque, je ne me le pardonnerai jamais.

Dans l'autobus qui me cueille à la porte de l'hôtel, je me dirige vers la première place libre, à côté d'un Japonais falot qui ressemble à l'empereur Hirohito sur ses rares photos de jeunesse. Soudain, mon regard est attiré par une belle carrure sur le siège en arrière de lui, une tête solide plantée sur des épaules larges, Ernest Hemingway en personne. Enfin... Hemingway à trente-cinq, quarante ans, à l'époque de Paris en fête et des chasses fabuleuses au fond de l'Afrique sauvage. La percée d'un phare révèle une chevelure poivre et sel, un teint terre d'Espagne, des yeux couleur d'un ciel de corrida. Se pourrait-il que l'excursion «tout prévu» me réserve des surprises?

J'invente vite un prétexte — un courant d'air, ou quelque chose du genre — pour m'asseoir près d'Hemingway. Il m'accueille d'un «*Hi there!*» souriant. Phrases banales pour ficher le piolet et ne pas laisser glisser la corde des mains: «Vous êtes en voyage ici? Depuis quand?» Etc., etc. Si je comprends bien, c'est un itinérant bien vêtu, un décrocheur distingué, assez nanti pour se la couler douce un temps, assez instruit pour trouver des contrats qui le renflouent selon ses besoins. Il est en Argentine depuis quelques semaines et donne des cours d'anglais à un industriel. Plutôt banal, mais son sourire m'enchante, et s'il faut voir du tango pour touristes, autant le voir en belle compagnie.

Dans la boîte de nuit «typique», nous nous retrouvons à quatre, serrés autour d'une table minuscule sur laquelle des serveurs déposent quatre verres fleuris décorés de parasols. À ma droite Hirohito, timide et muet; devant moi une étudiante américaine, Jodie, l'éternelle étudiante qu'on trouve dans toutes les villes du monde, plus de muscle que de grâce. Les voix et la fumée remplissent l'espace; bientôt l'orchestre entame son répertoire et les bouches s'agitent en vain. Mais qu'est-ce que je fais ici? Je m'étais bien promis, à la suite d'une expérience de coude à coude organisé au Lido de Paris, qu'on ne m'y prendrait plus. Et voici que j'étouffe au milieu d'étrangers. Heureusement, à ma gauche il y a Ernest, et, sur la scène, le tango.

Le piano égrène des airs familiers, *Caminito*, *Jalousie*, passe à d'autres, nouveaux pour moi: dans le domaine, ma culture est limitée. Ernest s'y connaît, mentionne des styles, des noms aux résonances vagues: Gardel, Piazzola. J'ai envie d'en savoir plus, passionnément. Je le questionne et l'écoute. Il a l'air flatté, nous sourit avec la fierté de celui qui en sait plus que les autres. Le violoncelle soutient le rythme, répond au piano d'une voix grave, puis se lance dans une envolée mélancolique. Je comprends, ce soir, pourquoi il ne suffit pas d'entendre jouer du tango, il faut le voir. Le bandonéon se déplie en éventail, reflète les feux de la rampe, se ferme sous la pression des mains; il s'ouvre comme une fleur, il s'ouvre comme une femme, s'étire en serpentin, ondule sa plainte. À le voir, je deviens bandonéon, je me fais corolle, la musique m'envahit, je me retiens et halète, je me déroule et gémis.

Entracte. Le profil d'Ernest se découpe sous les lumières tamisées. Il a le port de tête des conquérants, des grands aventuriers. Hirohito se dégèle. Il nous raconte que, au Japon, il y a beaucoup d'adeptes du tango; ils fondent des clubs, s'exercent en groupe, créent des orchestres de trente à quarante musiciens qui se produisent dans de grandes salles. À la pensée de quarante petits Japonais en habit noir et nœud papillon qui suivent avec docilité le rythme de *la Cumparsita*, puis saluent l'auditoire, impassibles, en se penchant comme des poupées mécaniques, je suis prise d'un fou rire qui se propage aux autres. Le Japonais riote des épaules, par saccades; il rosit, ses yeux brillent derrière des lunettes rondes. Il a les doigts fins. Il n'est pas beau, mais joli. Ma mère disait: «un joli garçon». Ça s'applique à lui, délicat, menu, jaune et rose. J'ai l'impression qu'il lorgne du côté de Jodie. Si elle se coiffait, cette fille-là, et mettait deux sous de maquillage, elle ne serait pas mal.

Ernest me demande ce que je fais dans la vie: institutrice en vacances? Ah non! C'est le moment de l'épater avec mon poste tout neuf, ma mission de l'ACDI: planification, investissements, opérations, évaluation. Tous les ...tions y passent; que j'aimerais donc l'impressionner! Son visage exprime un intérêt poli; on devine l'ennui sous la surface. Que dire? Il est insaisissable, tantôt disert, l'instant d'après taciturne. Un défi. Quand je mentionne un projet d'alpha-bétisation, il se ranime, évoque une expérience semblable qu'il a tentée dans les ghettos. Ça y est, il est accroché. Je me demande pourquoi je me déploie à ce point. Je le trouve séduisant, c'est sûr. Qu'est-ce que j'espère? Un verre au bistrot à la fin du tour, une conversation plus intime? Jusqu'où? Je repars demain pour Lima. D'habi-tude, je préfère les relations plus durables. Quoique... ce soir... pourquoi pas?

Le spectacle reprend, s'insinue en moi. La danse. J'ai déjà dansé le tango. Quand donc? Je ne sais plus. Mon corps se rappelle l'étirement des muscles, le balancement du tronc soumis à la main du partenaire. La danseuse porte une robe orangée, d'une teinte vibrante et sombre que dans les années vingt on a baptisée «tango». Je m'y glisse, j'enfile ses souliers à talons fins. J'ondoie avec le bandonéon, mes hanches s'arrêtent d'un coup sec. Je suis une fille des bas-fonds de Buenos Aires, je porte les espoirs et la crasse et la douleur de mes semblables. J'envoie promener mon riche client aux cheveux gominés et j'ouvre les bras au matelot de passage, un marin carré aux yeux de ciel d'Espagne. Il passe la main sur mon corps et nos pas se fondent l'un dans l'autre. «Je t'emmènerai, dit-il, dans un pays de cocagne digne de ta beauté et de la pureté que je perçois au fond de tes prunelles.» Je sais qu'il partira demain; je me laisse emporter par la vague sur la mer sans fin.

Nouvelle pause. Nous nous taisons, grisés moins par les trois gouttes de rhum dans notre boisson tropicale que par la musique lancinante et la fumée. Je me sens lasse, trop pour parler ou faire un geste. Je laisse s'écouler la soirée, par petits jets, sans l'interrompre. Notre jeu à quatre se déroule comme un problème mathématique. Il doit y avoir une solution, mais je ne trouve pas la clé.

Un projecteur éclaire la scène. L'animateur du spectacle, ancienne vedette de la chanson convertie en propriétaire de boîte à touristes, vient beugler quelques *milongas* d'une voix éraillée par l'alcool et le tabac, toutes tripes dehors, le geste dramatique. Plutôt risible. Mais ce soir, il fait monter en moi la nostalgie du temps où l'on buvait et fumait sans se sentir coupable. Il me donne le goût des nuits folles.

Après la représentation on nous bouscule: vite, nos deux heures sont écoulées, notre million dépensé, il faut laisser la place à la prochaine brochette de spectateurs. Que me réserve la suite? Je flotte. En montant dans l'autobus du retour, j'aperçois le Japonais tout rose et l'Américain qui sourit de délectation. Pas un regard vers moi. Hirohito et Ernest Hemingway sont assis côte à côte, genoux contre genoux; je crois voir une main frôler une cuisse. Sidérée, j'avale sec. Mais quand est-ce que ça s'est passé? Comment se sont-ils reconnus: les rougeurs de jeune fille, un jeu de pieds sous la table? Jodie s'installe à mes côtés, derrière eux. Nous nous regardons et nous pouffons de rire, nous rions et rions, sans un mot, jusqu'à l'hôtel.

En descendant je lui dis: «On ne va pas finir la soirée comme ça! J'ai un creux à l'estomac. Si on allait au café? Il y a encore plein de monde. Il n'est que deux heures du matin.» Plus tard, nous aurons le temps de fureter dans les librairies et les magasins de disques: c'est ouvert toute la nuit. Buenos Aires ne s'endort qu'à l'aube. J'ai envie de m'acheter des tangos. C'est la musique des pauvres d'amour, des femmes sans hommes et des hommes de tous les goûts, celle qui berce les amours de passage et les navires en partance.

Estelle Beauchamp

UNE MINUTE D'ÉTERNITÉ

Émile n'avait jamais aimé le rose. Couleur de la vulné-rabilité, de la tendresse, de la moiteur. Le rose n'était pas une couleur logique. Incompatible avec la force et la raison de l'homme, cette teinte répugnait à Émile. Ce soir, pourtant... il n'arrive pas à comprendre.

Émile regarde Anna allongée à ses côtés. La compagne de sa vie, son épouse fidèle. Depuis quand sa chevelure est-elle gris cendré? Comment se fait-il qu'il ne l'ait pas remarqué déjà? Pas plus que son corps, depuis longtemps flétri. L'éclairage de la lune laisse deviner le contour des seins vides et du ventre flasque. Était-ce parce que les métamorphoses d'Anna lui rappelaient son propre vieillissement qu'il leur avait porté peu d'attention? À peine se souvient-il des grossesses. Il aurait souhaité sa femme plus discrète au moment de ses pleines lunes. Il a tout de même été patient lorsque, dans la quarantaine avancée, Anna refusait d'accepter le déclin de son cycle de femme. Ce n'était pas si mal pour un homme qui n'aimait pas aborder ces «sujets-là». Mais depuis quand, nom de Dieu! depuis quand les cheveux d'Anna sont-ils cendre de paille?

Il s'efforce de tout analyser systématiquement. «Je dois

demeurer lucide», pense-t-il. D'un coup d'œil, il vérifie l'heure: trois heures exactement. Perd-il ses esprits? Cette nuit a la fragilité d'une coquille d'œuf. «Impossible, pense-t-il, la nuit n'est pas rose.» Et pourtant...

Étendu sur le lit, Émile bouge à peine la tête. Des yeux, il scrute la pièce et cherche qui lui joue ce vilain tour. La chambre est d'un calme parfumé. La lune la colore d'une teinte champagne. L'air semble palpable, d'un doux velouté. Émile n'a plus le choix. En dépit de ses réticences, il s'abandonne.

Il voudrait se rapprocher d'Anna. Voilà que la nuit mêle à nouveau chimères et magie. Il sent une pression sur ses cils. Il les sent un à un comme si un ange, les prenant pour une lyre, y jouait une mélodie céleste. La sensation s'accentue. Il se laisse bercer. Dans ce fantasme, Anna est là, couchée sur lui. A-t-elle vingt ans? En a-t-elle trente? Elle passe doucement sa langue sur les cils d'Émile. La tendresse le bouleverse. Il se rappelle que c'est à ce moment précis qu'il bougonnait habituellement: «Arrête donc Anna, tu sais que ça m'agace.» Cette nuit, il demeure silencieux. L'écho de ses propres paroles le surprend. Comment n'a-t-il pas su apprécier cette coquetterie d'Anna? Pourquoi n'a-t-il pas su s'abandonner à ses sens? Il ouvre les yeux, voit sa vieille Anna. Le sortilège se brise.

Des reflets nacrés traversent la chambre stérile. Émile dirige son regard vers la table de chevet. Une seule et unique rose repose à côté de leur photo de mariage. Émile a un pincement au cœur. C'est nouveau. Combien de fois a-t-il oublié de souligner anniversaires et occasions spéciales? Quand Anna lui disait qu'une simple rose aurait suffi, il ouvrait son portefeuille, sortait un gros billet et lui disait de s'acheter quelque chose de bien. Ainsi se prémunissait-il contre tout sentiment de culpabilité. Fière, d'une beauté parfaite, cette rose accuse Émile de chacun de ses oublis. Honteux, il détourne le regard.

Émile voit l'alliance d'Anna. L'anneau terni qui orne cette main décharnée a survécu à de nombreuses intempéries. Émile referme les yeux. C'est une jeune main qu'il sent soudain dans son dos. Il revoit le rituel de leur amour: petits baisers en guise de prélude et positions variées sur un même thème. «Tous les couples ont une routine», disait Émile lorsqu'Anna s'aventurait dans de nouveaux territoires. Son devoir accompli, Émile allait toujours se laver. Il se nettoyait avec sang-froid et méticulosité. Était-ce sa façon de s'évader, intact, de la toile d'émotions? À son retour au lit, un Émile satisfait et bien propre tournait le dos à Anna et s'endormait profondément. Avec les années, Anna avait fini par se résigner. Inutile d'insister pour qu'Émile reporte sa toilette au matin. Il ne comprendrait peut-être jamais pourquoi elle voulait tant qu'il reste près d'elle. Maintenant, elle se taisait, incapable de retenir sa main fébrile de se poser sur le dos de son mari. Pour la première fois, Émile discerne la profonde solitude de cette main. Il se sent telle une flamme mourante qu'une main tente désespérément de protéger. Il voudrait prendre Anna dans ses bras. Trop tard.

Il ouvre les yeux. Encore ce rose épicé dans l'air. Il peut presque y goûter. Des sons, des syllabes veulent prendre forme. La bouche d'Émile se souvient. Il fallait serrer les dents, tandis que les lèvres détendues émettaient le doux souffle du «je». La langue caressait tendrement le palais pour offrir le son «t'ai». Les lèvres s'unissaient ensuite dans la volupté du «me». Suivait le parfait écho sonore: «Anna». «Je t'aime Anna.» Quelle sensualité dans ces mots au goût frais et subtil de la pastèque! Émile les savoure. Jadis difficiles à prononcer, ces mots coulent désormais délicieux et fluides. Émile veut les dire à voix haute, à Anna. Se reprendre pour toutes les fois qu'il aurait dû, pour toutes les fois qu'il aurait pu... Mais Anna dort, et il se fait tard dans leur vie.

Émile contemple la lune. Il sent un puits au fond de ses entrailles, une source prête à jaillir. C'est impossible. Pas à son âge. Pas dans son état. Sans doute une autre fourberie de cette nuit enchantée. L'énergie est différente cette fois. Dans sa conception virile du monde, Émile avait toujours pensé Anna incomplète sans lui. L'apport de son membre, croyait-il, rendait sa femme entière. Or, telles les fiches qui doivent s'enfoncer dans la prise de courant afin d'y puiser énergie et lumière, Émile se découvre lui aussi incomplet. Il sent qu'il lui faut toute son Anna pour être comblé. Son monde chavire. Court-circuit. Est-ce toujours ainsi lorsqu'on reconnaît que l'orgasme est rose? Émile reprend souffle. Il reste immobile. Quand il sort de sa transe, l'horloge n'indique encore que trois heures. Pas possible. L'horloge s'est sans doute arrêtée.

Émile est transporté par une folle marée. Il s'imagine assis au bord du lit à brosser la longue chevelure blonde d'Anna. «Encore un peu», chuchote-t-elle. Ce soir, Émile ne se fait pas prier. Il couvre Anna d'une attention cristalline. La magie nocturne transforme chacun de ses gestes. Il caresse la crinière d'Anna avec révérence. Pour un instant, il n'existe au monde qu'Anna et l'univers n'est qu'une vague de cheveux valsant dans les mains d'Émile. Les promesses fanées rebourgeonnent et un espoir printanier disperse négligences et oublis. Les masques tombent, les joueurs sont à nu, les âmes se voient pour la première fois. Pourquoi résiste-t-on si longtemps à l'inévitable? Émile enlace les cheveux de sa sirène, soulagé de savoir qu'il est permis de croire. Il se sent entier, vivant, enfin capable d'aimer. Émile n'a plus qu'une seule envie: se perdre à tout jamais dans les cheveux d'Anna.

La nuit exerce à nouveau son emprise. Émile constate qu'il est encore couché près de sa femme, les bras bien droits le long du corps. Toujours trois heures du matin. On dirait que l'air pétille. Les rayons de la lune éclairent la robe de nuit rose d'Anna. Émile se rappelle les événements de la journée.

Anna est venue à l'hôpital aujourd'hui, comme elle le fait tous les jours depuis plus de deux ans. Fidèle à son mari, fidèle à son Émile. Après l'heure des visites, elle est partie. Un peu plus tard, elle est réapparue vêtue de sa robe de nuit, celle de leur nuit de noces. «Je ne la remplis plus tout à fait de la même façon», dit-elle d'une voix un peu timide. «C'est plutôt par nostalgie.» Elle a sorti leur photo de mariage et la rose à longue tige. «Je sais que tu y aurais pensé cette fois.» Anna s'est ensuite glissée sous les draps tout près d'Émile. «On m'a donné la permission vu que c'est notre cinquantième. Bon anniversaire Émile.» Elle a tenu la tête de son mari afin d'y apposer son front. «Je t'aime Émile.»

Ces mots avaient joué d'écho dans le silence. Ils avaient poursuivi Émile dans ses rêves. La hantise des tendres aveux d'Anna avait réveillé Émile à trois heures précisément. Ces mots avaient jeté Émile dans l'ivresse. Ou était-ce dans la folie? Du coin de l'œil, il croit voir un pégase s'envoler vers la lune. Émile cherche à revérifier l'heure: il en va de sa lucidité. Le néon digital indique trois heures et une minute. Soulagement. Le sort est brisé. Émile n'est pas fou. Le temps ne s'est pas arrêté. Les reflets chair de pomme s'évaporent et font place à la noirceur du connu.

Au fond d'une chambre d'hôpital, deux époux sont couchés. Anna dort paisiblement, certaine que l'éternité est rose. Émile, atteint d'une paralysie générale, ne sent pas couler ses larmes tant son désir est ardent de caresser les cheveux de sa femme.

Monica Pecek

SECONDE PARTIE

Nous ne vieillirons pas ensemble

Voici le jour

En trop: le temps déborde.

Paul Éluard

LA NOTTE DE AMORE

Laure est au micro, à parler depuis deux heures déjà, son monologue entrecoupé de musiques douces pour faire passer la nuit aux autres qui la vivent éveillés. C'est *la Notte.* Où donc pourrait-elle être ailleurs que dans l'atmosphère feutrée de ce studio? De l'autre côté de la vitre fumée, la console munie de feux brillants comme des étoiles.

Elle a l'habitude de parler beaucoup, de s'étourdir en parlant. Elle le fait doucement, comme on boit à petites gorgées lentes un alcool engourdissant. Elle a choisi les pièces avec soin et préparé les textes avec cette ferveur qui semble ne jamais l'abandonner. Cette nuit est particulière. Ils se sont laissés. Depuis hier, Pierre n'est plus là. Elle sait pourtant qu'il l'écoutera jusqu'au petit matin, comme peut-être jamais encore. Il ne lui reste plus que quelques heures pour le rejoindre, le ramener, recommencer. Recommencer où? Et quoi?

Urgence.

«La nuit est belle. Profitons-en ensemble, si vous le voulez bien. Offrons-nous ce que nous aimons et ce qui nous transporte. Fermons les yeux. Imaginons que nous sommes dans la chapelle Sainte-Odile. L'acoustique y est superbe. La pierre humide nous fait un peu frissonner. Les relents d'encens et de cire fondue sont aussi réconfortants que la soupe chaude et poivrée de notre enfance, certains jours de neige et de froid. Oui, fermons les yeux. Faisons place aux grandes orgues. Magnificat!»

Elle joue de sa voix radiophonique. À l'instant même, elle joue sa vie avec sa voix. Saura-t-elle le rejoindre? Les ondes transmettront-elles son appel? Transformeront-elles le goût amer de la rupture?

Elle est éloquente. L'instinct la guide. Elle sent le danger. Ils n'en sont quand même pas à leur premier déchirement. Elle a décidé pour cette nuit des règles du jeu. Elle pourrait entamer la pomme qu'elle croque d'habitude à ce moment de l'émission, donner un rapide coup de fil à la gardienne avant qu'elle ne s'endorme, revoir ses notes. Elle n'en fait rien. Laure écoute avec ferveur la musique offerte à ses oiseaux de nuit.

«Jouons, cette nuit. Jouons, voulez-vous? Transportons-nous dans cette chapelle. Bach nous surprendra encore. Entrons. Elle est bondée. Il reste un banc. Asseyons-nous. Le chœur prend place. Le concert va commencer.»

Elle frotte maintenant la pomme rouge et bien dure contre la manche de son tricot, d'un geste distrait. Elle se revoit, il y a cinq ans. Un dimanche d'automne avancé, beau et froid, comme cette journée qui vient de passer sans lui. Son amie Berthe dirigeait le chœur pour la première fois et avait insisté pour que Laure vienne. Berthe savait sans doute que Pierre serait là. Pour Laure. Et qu'il lui aurait gardé une place. À tout hasard.

Elle connaît tout le monde et tout le monde la connaît. C'est un petit monde. Elle voit bien qu'il ne reste qu'une place. Elle l'a su tout de suite en entrant dans la chapelle. D'ailleurs, elle n'a vu que cette place et elle n'a vu que lui. Pierre. Le cœur lui fond. Elle avait pourtant décidé qu'un si grand amour n'était pas approprié. Pas après un divorce si récent. Pas avec des enfants si jeunes. Elle avait le choix. Sortir ou foncer dans l'amour qui allait prendre souffle aux premières notes de l'*a cappella*. Plus un son ne l'atteint. Elle chavire. Ils se regardent et ils savent. Il n'y a pas de mot pour traduire leur bouleversement. Renversant comme vague. Doux comme miel chaud. *Amore.*

Elle reprend l'antenne. L'heure avance.

Urgence.

Elle joue le grand coup. Elle abandonne sa nuit baroque et annonce: « Je vous ai réservé une surprise; croyant qu'à cette heure profonde et noire, vous auriez peut-être bien envie de fredonner. Laissez-moi le plaisir de vous offrir ce décor de pluie et Barbara pour nous chanter Lalala... lalalalalala la... oh! Pierre... Lalala... lalalalalala...»

L'émission tire à sa fin. Si elle n'était pas enfermée dans ce sous-sol aseptisé, elle verrait la ville montrer les signes d'un jour nouveau. Elle le devinerait, plein de brumes et de grisaille. Peut-être apercevrait-elle aussi la voiture qui est garée depuis quelques heures au milieu du station-nement presque désert. Sans doute abandonnerait-elle ses auditeurs amoureux pour le seul qui compte et qui a décidé de laisser la vie lui échapper à coups de petits comprimés.

L'homme semble dormir d'un sommeil paisible. Les portières sont verrouillées, les vitres montées. Le moteur roule pourtant et on peut entendre le son assourdi d'un chant puissant. Un chant de grande cathédrale. Peut-être bien un requiem. En sortant, Laure le voit immédiatement et elle ne voit que lui. Dans sa grande pâleur, il sourit. Ce sourire est pour elle. C'est le dernier. Celui d'une dernière nuit d'amour. *La Notte de Amore.*

Louise L. Trahan

PLAISIR ROUGE

I

L'or brûlé de sa chevelure se découpe sur le blanc de l'oreiller. Son visage cireux est troublant. Son front est froid. À travers les pansements enroulés autour des poignets et des bras, de minuscules pastilles rouges s'élargissent en taches vagabondes qui rappellent la toile suspendue au-dessus de ma table de travail.

Un jour qu'elle était seule et m'avait invitée à sa résidence au 73, rue des Glycines, elle s'était amusée à lancer de la peinture rouge, ici et là, sur une toile étalée sur le parquet. Nous avions ri. Elle avait intitulé le tableau Plaisir rouge *puis me l'avait offert.*

L'ambulance fonce dans la nuit bariolée de néons. Les yeux de Mathilde s'entrouvrent, clignotent. Je crois qu'elle me reconnaît. Je suis sa confidente, son amie depuis tant d'années.

«J'ai mal...

— Chu...u...u...ut...

— J'ai mal à en mourir... Écris, raconte. Promets...

— Oui, oui, c'est promis. Ch...u...u...ut.»

Ses yeux se referment. La course stridente s'achève. Je

reste près de la civière, l'accompagne dans le tourbillon des salles d'urgence, l'attends, bouleversée. Quand je la quitte, elle repose, nourrie par intraveineuse, calme, fragile, blanche. D'une blancheur irréelle figée dans des contours de flamme. J'emporte, placardée à un pan de ma mémoire, une image troublante, une image profanée qu'il me faudra restaurer.

De retour chez moi, je ne peux dormir. Je revois ma fragile Mathilde. Mathé, comme je l'appelle dans les meilleurs moments de notre amitié. Impossible d'oublier l'angoisse de la voix de Corrinne au téléphone: «Venez vite... du sang partout...» Les images dramatiques se bousculent sur la pellicule tordue. La bobine du film glisse. Je cherche la première séquence. Le montage est incohérent. Une scène s'impose: la tragédie. La belle, trop belle Mathilde, étendue sur le parquet éclaboussé de la salle de bains aux carreaux de Briare.

Douce Mathilde au désespoir tendu comme fil d'acier. Pauvre Mathilde aveugle devant la luminosité du soleil levant et la richesse des arbres gonflés de feuilles et de fruits. Sourde Mathilde qui n'entend pas les modulations du vent et des oiseaux. Froide Mathilde qui ne ressent pas la caresse de la brise et la chaleur du feu. La vie de Mathilde: un écheveau à débrouiller.

Je me tire du lit. L'aube déjà s'avance. Je m'installe à ma table de travail, l'ironique *Plaisir rouge* devant les yeux. Promesse faite, promesse tenue: j'écris. J'écrirai.

II

Une petite loge derrière une scène.

Une Gitane qui grille sur le rebord d'un cendrier.

Des murs tapissés de photos qui rappellent un temps plus illustre.

Devant le miroir au tain usé, Mathilde pique deux fleurs

de soie rouge dans sa chevelure, vérifie du doigt le maquillage autour des yeux, aux coins de la bouche, glisse la main sur sa gorge trop blanche. L'image des artifices ne parvient pas à allumer le regard désenchanté. Les mains nerveuses écrasent la cigarette qui se consume. Au lieu d'être étouffée, l'angoisse triomphe dans le brouillard de fumée qui estompe les contours de la petite loge.

Mathilde, accroche-toi. Je suis près de toi, avec toi. Accroche-toi à notre complicité, à notre amitié. Je te vois au Verseau *où j'allais un soir. Tu semblais si heureuse que je sois venue t'entendre, t'applaudir. Moi, qui ne comprenais rien à ce métier, je te disais de faire autre chose. Tu répliquais: «Toi, tu écris; moi, je chante.» Tu es là devant moi et j'ai mal.*

Mathilde, tu glisses le rideau de cretonne rouge, tu marches d'un pas volontaire, tu fais ton entrée sur scène, tu souris misérablement. Tu gonfles une voix portée par une respiration hachée. Tu dessines autour d'un micro des gestes mécaniques, presque ridicules. Mathilde, tu n'as plus d'âme. Tu fais ce métier depuis si longtemps. Quinze ans, dix-huit peut-être! La salle du Verseau *est presque vide ce soir. Entre les chansons, on n'entend que le bruit des glaçons qui s'entrechoquent au fond des verres. Bruno, le revenant, n'est pas là. Il a dû travailler très tard ou conduire son fils à son cours de plongée sous-marine ou amener sa femme au cinéma. Coincé, il se dit coincé et raconte à qui veut l'entendre qu'il est malheureux. De toute façon, il n'y a pas d'ambiance ce soir. Derrière le bar, Philippe, le patron, s'ennuie et tambourine son impatience sur le comptoir laqué. Deux clients attablés au fond de la salle lorgnent un téléviseur muet suspendu au plafond. Tu escamotes ton tour de chant. À quoi bon? À travers la salle, ta voix pourrait être nasillarde, ou rauque, ou tendue, ou lâche: personne n'en ferait la remarque. Si Bruno avait été là, il aurait réclamé* Comme un soleil. *Si Philippe avait été de meilleure humeur, il aurait eu droit à* J'aurais voulu être un artiste. *Si j'avais été là, tu aurais interprété avec chaleur et intensité ma chanson fétiche* Le monde est stone. *C'est l'un de ces soirs où tu me téléphones après le spectacle pour dire: «Je suis fatiguée de cette vie de chanteuse...»*

Mathilde, tu posais avec dégoût les gestes de routine, les gestes fabriqués, les gestes qui n'étaient pas les tiens..., cent fois, mille fois, chez toi, en dehors de chez toi. Tu rageais, tu avais mal. Tu me racontais. Je raconte à mon tour et c'est difficile.

Mathilde va rentrer, s'attarder dans la rue déserte, interroger les étoiles, inhaler à grands coups l'air de la nuit, soupirer, dériver dans la marée noire des aléas quotidiens, des regrets inutiles, des gestes perdus. Être endolorie. Glisser la clé dans la serrure, pénétrer chez elle? Chez lui? Chez Gustave? Erreur sur la personne. Gustave n'aurait jamais dû entrer dans cette maison. Elle est maintenant bourrée de griefs, de malentendus, de désespoir, de peur qui attire la violence. Fumer une dernière cigarette avant d'aller dormir. Monter l'escalier sur la pointe des pieds. Ouvrir la porte de la chambre de Corrinne. S'attendrir devant la candeur juvénile, devant les boucles folles qui font la ronde autour des joues et du front moites. Se réconcilier avec la vie pendant un moment. Soupirer. Puis avec dédain, s'étendre près d'un corps gauche et abhorré: le corps de Gustave. Dormir. Devenir alanguie par le rêve. Pétrir la roideur. Apprendre la fluidité. S'échapper de son corps fatigué. S'accrocher au mystère qui est là quelque part. Glisser peu à peu. Effleurer les surfaces polies. Glisser encore. Rêver. Ne plus souffrir.

Mathilde, là où tu veux aller, je ne suis pas. Accroche-toi. Je tiens à toi. Et Corrinne, ta Corrinne, tu y as pensé...?

Le vent léger du matin soulève le rideau de dentelle. Mathilde s'éveille et entend les oiseaux réfugiés dans le pin sylvestre qui étend ses branches jusque sur la véranda. Gustave doit être parti depuis longtemps. Il ne l'a pas réveillée. C'est toujours ça de pris. Ne pas avoir à communiquer avec ce lourdaud qui ne pense qu'à son billard et à sa bière. Il détonne de plus en plus dans le décor inventé par sa femme: intérieur aux tons pastel, moquettes souples, dentelles étalées, extérieur boisé et fleuri. Elle en a accumulé des sous, pour enfin acquérir la maison de madame Loiret, située dans le quartier huppé de la ville, éloignée des immeubles de misère et des rues tapageuses où elle a vu le jour et a grandi. Elle en a interprété des chansons sur demande spéciale, elle en a fait des sourires, elle s'est inclinée très bas sous les applaudissements pour gagner son auditoire, posséder cette maison gris-bleu avec rotonde décorée de blanc, offrir à Corrinne un peu de luxe, quelques-uns de ces objets originaux, apparemment inaccessibles, qu'elle-même avait convoités dans son enfance. Elle en a refoulé des colères, elle les a mordues ses lèvres pour se faire un masque banal, un masque de femme sinon heureuse, du moins satisfaite de sa vie. Une vie bien meilleure, croyait-elle, que celle de sa mère qui, à soixante-six ans, vend encore des fleurs au marché.

Mathilde, tu m'as tout raconté. J'écoutais. Tu t'arrêtais et disais: «Toi tu sais écouter. Que ferais-je si tu n'étais pas là...?»

Notre complicité me manque déjà.

À cause de la douleur de ses nerfs à vif, Mathilde ne peut goûter le repos du matin. Avaler des comprimés, des arcs-en-ciel de comprimés. Avaler en doses de plus en plus fortes la joie impossible, le calme nerveux, l'assurance fuyante, le plaisir de vivre éteint. Ravaler le mépris, l'angoisse. Sortir de ce lit qui n'est pas un lit de repos, mais un lit de douleurs, un lit d'humiliations, un lit de condamnée à un simulacre d'amour. Un jour, un été, il y eut un autre lit: une couche moelleuse et gaie, douce comme soie pure, chaude et invitante comme midi de juin. Une couche frivole et colorée, une couche de fleurs naissantes... le temps d'un amour de vacances, le premier, le grand: Bruno, l'étudiant.

Mathilde n'a pas oublié. N'a rien oublié. Comment le

pourrait-elle? Après quinze années de mutisme, Bruno est réapparu devant elle un soir au *Verseau*. Comme s'il ne s'était rien passé, comme s'il n'y avait rien eu: pas de flamme, pas de séduction, pas de corps en attente qui se laisse apprivoiser puis s'abandonne, pas de désir, pas d'étreintes, pas de passion, pas de semence de vie, pas de fœtus... Bruno, plein de surprises, qui décorait de colliers brillants et de perles d'eau douce sa flamboyante. Bruno à l'affection inconsciente, qui avait des projets plein la tête, des projets qu'il ne fallait pas contrecarrer ou retarder. Bruno qui était disparu comme ça, presque sans prévenir. L'été avait fini brutalement cette année-là. Les fleurs saccagées s'étaient aussitôt fanées. Le dégoût et la peine avaient envahi le cœur de Mathilde qui avait délibérément fait glisser en dehors de sa coque d'amante le plaisir rouge fait de chair et de sang.

Ses illusions perdues, Mathilde s'était mise à chanter le désespoir, la vie, l'amour envolé. Les trémolos faisaient fureur à cette époque. Mathilde avait du succès, beaucoup de succès. Gustave s'était présenté. Lui ou un autre! Gustave parlait peu, ne faisait pas de promesses inconsidérées. Et surtout, surtout, il ne ressemblait en rien à Bruno. Désireuse de fonder sa propre famille, Mathilde avait dit oui et épousé Gustave. Corrinne était née. Il aurait fallu, dès le début, défaire cette union boiteuse, soigner les plaies, laisser s'estomper les cicatrices. Avouer une erreur. L'inconscience, l'ambition et la crainte allaient former un triangle pernicieux.

Mathilde, moi je sais que le bonheur est possible. Des instants de bonheur. Des instants précieux, intenses, pierres de gué solides sur lesquelles on revient poser le pied après avoir été entraîné dans les traîtres remous. Mathé douloureuse, écrasée sous le poids des couches de roc, étouffée par le nœud de la souffrance sans qu'il y paraisse, je suis là, confondue devant ton geste brutal de délivrance, ton geste de fuite.

Mathilde avait donné son affection à Corrinne. L'union malheureuse où s'étaient installées l'incompréhension et la mésentente avait fait sourdre en elle l'angoisse, créé le terrain propice à la violence sournoise. Cycle infernal: Mathilde n'avait plus de repos, plus de paix. Elle vivait en dehors d'elle, survivait... pour Corrinne... pour les apparences. Le décor de sa belle maison n'avait plus de pouvoir magique. Mathilde allait, venait. Chantait. Frissonnait. Suait. Tremblait. Était-ce autour ou au-dedans d'elle qu'étaient dressés la prison mensongère, les barbelés, le mur infranchissable, que passait et repassait le phare voyeur de la tour de guet, qui empêche de fuir et d'atteindre la source où l'eau est bonne à boire...? Apprivoiser le plaisir de vivre à grands coups de cœur était impossible. Se laisser emporter dans une passion aussi chaude que celle de l'été rouge était utopique.

III

Le téléphone sonne. Une voix pourtant détachée fait caramboler les mots à mes oreilles: «J'ai une mauvaise nouvelle pour vous. Mathilde, votre amie, est décédée.» Sur ma table de travail, les feuilles blanches deviennent le linceul où je dois accomplir le rituel prescrit: ensevelir le corps de Mathilde. Technique d'embaumement sans plus. Pourquoi la plume au bout de mes doigts vacille-t-elle? Ma main a du mal à circonscrire l'âme de Mathé qui se répand, coule, glisse, s'échappe. Je lève la tête. À travers l'onde de mes yeux, les taches éclatées du *Plaisir rouge* tournent au mauve. Puis, tout est blanc. Puis, tout est noir.

Claire Desjardins

L'HEURE BLEUE

Carole adorait le bleu. Dans tous ses tons et dans toutes ses teintes, elle en était folle. Elle-même avait les yeux d'un étonnant bleu de myosotis. De sa demeure elle avait fait un véritable musée du bleu. Ses vêtements, ses bijoux rassemblaient toutes les teintes imaginables de cette couleur.

Je lui connaissais cette passion depuis notre enfance. Nous n'avions jamais cherché à en trouver les mobiles. La tâche m'est d'autant plus pénible que je dois maintenant constater la fatalité de cet amour voué à une simple couleur.

Tout a commencé l'an dernier, à la fin d'octobre. J'étais en voyage d'affaires en France, où je cherchais des objets pour ma galerie d'art médiéval. Carole, qui avait besoin d'une fugue à ce moment-là, m'accompagnait. La compatibilité de nos caractères faisait de nous des compagnes de voyage idéales.

Nous avions passé quatre jours à Paris pour revoir quelques lieux qui nous sont chers. Très tôt le matin du cinquième jour, notre petite Renault étincelait au soleil le long de la route A6.

Deux jours plus tard, au crépuscule, nous arrivions à

Lyon. De la fenêtre de notre hôtel, quai Perrache, le Rhône nous paraissait d'une immense immobilité bleu foncé.

Le lendemain, en touriste infatigable, Carole arpentait le vieux Lyon tandis que, à l'Hôtel des ventes, j'assistais à la présentation d'une collection de sculptures, de livres et de manuscrits des XIVe et XVe siècles. Nous nous étions donné rendez-vous à dix-huit heures dans un café de la place Bellecour. L'après-midi passa très vite. La vente, mouvementée, me valut deux triomphes. Des trois articles auxquels je tenais, deux étaient à moi, et à très bon prix.

Pressée de partager ma joie avec Carole, je me mis en route vers le lieu de notre rendez-vous. Sur le pont de la Guillotière, je fus émerveillée, encore une fois, par l'extraordinaire luminosité du ciel de Lyon. Juste à l'horizon s'échancrait un immense rideau de nuages lourds et bas d'un bleu indigo allant jusqu'au violet. De cette fente jaillissaient des rayons orange qui embrasaient les façades des immeubles le long des quais et semaient sur la surface du fleuve des milliers de diamants éblouissants d'un léger jaune paille.

La place Bellecour était aussi animée que l'intérieur du café où j'accueillis, presque avec reconnaissance, les éclats de voix, les chauds parfums de café, de vin et de tabac. Au fond de la salle, j'aperçus Carole installée à une petite table. En proie à une grande excitation, elle m'annonça d'emblée avoir trouvé un portrait, tout en teintes de bleu, dans la vitrine d'un antiquaire de la rue Saint-Jean. Malheureusement, la boutique était fermée. Le tableau avait profondément impressionné Carole, l'avait bouleversée même. Elle voulait à tout prix le revoir avant de quitter Lyon.

Le lendemain, dès dix heures, nous étions dans la rue de la Bombarde, près de la rue Saint-Jean, en train de scruter une obscure vitrine. Sur un vieux bahut, à demi recouvert d'une tapisserie, était posé un panneau peint, serti dans un gros cadre baroque aux dorures éteintes, noirci par l'âge et la négligence. Maintenant, Carole en était sûre, il lui fallait ce tableau à tout prix!

Une série de grincements nous avertirent que la porte de la boutique s'ouvrait. Un vieil homme nous fit signe d'entrer. Il se déclara heureux de nous voir admirer le portrait bleu. Je me dis tout bas que le mot «admirer» était assez mal choisi, mais enfin...

Carole se précipita vers la chose en murmurant des mots incompréhensibles. Nous avions déjà prévu que je m'occuperais des négociations avec l'antiquaire. Pour sa part, Carole restait abîmée dans la contemplation du portrait.

C'était peut-être là un autoportrait du légendaire Magister Coloris, le «Maître des couleurs», qui, au XVᵉ, à Pérouges, rue du Prince, avait tenu une boutique de potions où les grands de ce monde se rendaient consulter les astres et le tarot. Les tableaux du Maître étaient des portepuissance. Dans la composition des couleurs, l'alchimiste mage introduisait des pierres précieuses pulvérisées qui abandonnaient leurs vertus autant que leur éclat à la peinture du «Magister».

Peint exclusivement en teintes de bleu, le portrait représentait une figure vide d'expression malgré les yeux noirs, perçants, qui nous fixaient. À l'arrière-plan, on distinguait un sablier, un gros livre portant le chiffre XII ainsi que l'inscription: «HEU MORTIS FORTASSE TUAE QUAM PROSPICIS HORA.»*

L'achat conclu, l'antiquaire me demanda s'il devait se charger de nous expédier l'objet, mais Carole tenait absolument à l'emporter.

Sur le chemin du retour, elle ne m'adressa presque pas la parole. Je voyais s'effectuer en elle, d'heure en heure, une transformation, une métamorphose que je n'aurais

---

*«Hélas! La prochaine heure sera peut-être celle de ta mort.»

jamais crue possible. Cette jeune femme saine, joyeuse, que je connaissais depuis mon enfance, devenait devant mes yeux une étrangère, une femme vieillie, habitée d'ombres.

Aussitôt arrivée à Paris, je fis venir à l'hôtel un médecin qui parla vaguement de dépression.

La suite des événements, docteur, vous la connaissez. Dès notre arrivée à Mirabel, je vous ai téléphoné. Accouru chez Carole, vous avez constaté une neurasthénie exacerbée. Après avoir administré des calmants à votre patiente, vous m'avez laissé des médicaments et recommandé de ne pas la quitter.

Je me serais bien gardée de la laisser seule. Je lui administrai un somnifère. Ses propos étaient désordonnés. Je compris qu'un homme l'appelait d'outre-tombe. Elle parlait d'un sablier rempli de saphirs. La dernière pierre tomberait à minuit, lorsque le passage... Elle s'endormit.

Je restai dans le fauteuil, près de son lit. Malgré ma détermination de veiller sur elle, je somnolai par instants. La fatigue et le stress des derniers jours m'accablaient. Brutalement, je m'éveillai, le souffle coupé. Le lit de Carole était vide. La pendule sur la table de chevet indiquait une minute passé minuit; les portes coulissantes du balcon étaient grandes ouvertes. Je crois que j'ai tout de suite compris. Il y eut des cris dans la rue. Je me forçai à franchir les portes, à regarder sur le trottoir...

Malgré vos belles promesses de rétablissement docteur, je ne suis pas persuadée que je sortirai bientôt d'ici. Peut-être que je ne veux pas retourner dans le monde. De toute façon, notre dernière conversation n'avait rien pour me rassurer. Je suis sûre maintenant d'avoir commis une erreur terrible en vous permettant d'emporter ce tableau maudit chez vous. Voilà que vous m'assurez que le portrait est celui d'une jeune femme aux yeux bleus qui porte au cou un gros saphir; nulle part ne figurent un sablier ni un livre, dites-vous. Vous prétendez voir dans le tableau une pendule qui indique midi ou minuit... Méfiez-vous, docteur, méfiez-vous...

Maurice Gagnon

NUIT VIOLACÉE

Les deux femmes vêtues de noir pénètrent dans la maison obscure. Thérèse fait de la lumière, indique l'unique fauteuil du salon à sa compagne, qui pourra lire en l'attendant, et se dirige vers la dernière pièce à fermer: la chambre de sa mère.

Elle monte à l'étage, lentement, jusqu'à la pièce qui les a tous abrités. Fixée à nouveau dans l'intimité de sa mère, elle se décoiffe; plus à l'aise, elle sera plus en mesure de cerner un peu de ce passé qui lui échappe.

Thérèse a apporté son journal d'enfance. Elle doit comparer deux écrits avant de fermer la maison. C'est au bureau de sa mère qu'elle choisit de s'installer. Le temps s'est arrêté pour elle. Thérèse dégage la large bande élastique qui relie les feuillets jaunis de son passé et ouvre son journal à ce jour gris d'avril qui la préoccupe.

le dimanche 9 avril 1961

Je me suis levée ce matin, certaine que j'étais couverte de sang. La nuit a été longue, comme mille en une. Cher journal, tu es mon seul ami. J'ai rêvé. Et, il me semble, pleuré. J'avais le cœur bien gros en m'éveillant. Rien pourtant de différent autour de moi. Papa. Maman. Mais en moi... Mon Dieu, comme je me sens mal. Mon cœur bat comme s'il allait sortir par ma bouche. Le rêve me revient.

Je suis dehors, à la fenêtre du salon. Il pleut. Je suis toute trempée. Je regarde à l'intérieur. Tout semble calme et chaud. Personne n'est là, mais les lampes sont allumées comme si maman venait de quitter la pièce un instant pour aller à la cuisine.

Je frappe pour qu'on m'ouvre. Je suis de plus en plus mouillée. Personne ne vient. Je frappe des deux poings. Il fait noir et j'ai froid. Des filets d'eau glissent sur la vitre, deviennent épais, opaques même, et tournent au rouge. Ce sont des traînées de sang. Je crie et me regarde. Je suis pleine de sang. Il pleut du sang. Je hurle de peur. Je m'enfuis dans la nuit, loin de chez nous, car personne n'est là, personne ne m'ouvre et j'ai peur pour mourir.

Je me réfugie sous le pont, à l'abri de la pluie de sang. Mais le vent s'élève et, avec lui, des vagues qui s'abattent sur les pierres. Elles s'abattent et se retirent et reviennent encore plus fort s'abattre et s'abattre et s'abattre. Le vent gémit et pleure mais ne m'atteint pas. Les vagues se brisent sur les roches, mais ne me rejoignent pas. Je suis transie, je grelotte de froid et de peur.

Je me lève car les vagues en furie s'approchent, menaçantes. Je marmonne en sanglots ravalés: «J'ai peur.» Une voix crie: «Va-t'en!» Je recule, plus apeurée encore. Je me recroqueville au pied du mur, me faisant minuscule pour échapper au sang, au vent, aux vagues, à mes pleurs, à ma peur, à la voix.

Cher journal, la nuit approche à nouveau. J'ai peur d'avoir peur. Je ne veux pas rêver. Le sang ne s'en va pas. Que vais-je faire?

L'écriture mal assurée et l'encre délavée par endroits lui rappellent son sentiment et ses larmes de désarroi. Elle referme le journal et le place tout près afin de pouvoir y référer au besoin. Songeuse, elle en effleure la couverture de cuir usé sur laquelle elle a jadis inscrit son nom et la mention PERSONNEL à l'encre d'or. Elle en a depuis longtemps perdu la clé.

Elle se rend compte aujourd'hui qu'elle y a tout consigné, malgré elle. Elle a déjà relu toutes les pages, et celle-ci en particulier. Elle en connaît le contenu par cœur, mais, depuis qu'elle a découvert la lettre de sa mère, pliée et cachée à l'intérieur du couvre-livre brodé de son *Nouveau Testament*, cette page de son journal revêt pour elle un tout autre sens. Elle prend soigneusement la plume fontaine dans le tiroir du secrétaire et rouvre son journal.

le lundi 11 janvier 1987

Cher journal,

Je te retrouve, vieil ami. Nous avons changé tous deux, toi plus jauni, moi plus grise. Je ne comprenais pas ce que je te confiais alors, pas plus d'ailleurs que je n'ai compris le sens des paroles de papa: «La nuit où tu as été conçue, Thérèse, a été la nuit la plus heureuse de ma vie.» À 20 ans, j'avais trouvé ses paroles très belles, très tendres, mais ce n'est que maintenant, à 36 ans, que j'en comprends tout le sens.

Papa et maman n'ont jamais été heureux, n'ont jamais formé un couple. «Maman va bientôt arriver Thérèse. Mets la table. J'ai fait un beau gâteau au chocolat. Ça va lui faire plaisir.» Mais maman, comme d'habitude, ne dit rien en entrant du magasin, elle revêt sa tenue de maison et s'installe à la petite table de coin pour son habituel verre de bière ou de vin en compagnie de papa (quel beau couple, ils boivent un apéritif ensemble à «leur» petite table près de la fenêtre du jardin!) avant le souper. Pas un mot n'est dit à propos du gâteau qui sent bon.

Enfant, j'avais besoin de croire à leur amour. Il me fallait cette illusion pour survivre. Je ne voulais pas voir qu'elle n'allait jamais à lui, qu'elle le repoussait quand il l'attirait, qu'elle ne l'embrassait pas, qu'elle lui présentait la joue plutôt que les lèvres, qu'elle l'arrêtait dans ses propos affectueux, qu'elle ne le regardait pas, qu'elle le regardait si peu ou si peu longtemps. Jamais avec intensité ou chaleur.

Elle a pourtant pleuré sa mort. Était-ce, maman, par sentiment de culpabilité? As-tu un jour chassé ton mari de ton lit comme tu l'avais toujours fait de ton cœur? Tu l'appelais ton «époussettoir». Il t'appelait «mon amour». Vous ne correspondiez ni l'un ni l'autre à ces images. Papa réclamait son «dû» et tu le lui rendais, en apparence du moins. Jusqu'à cette nuit où...

C'est à propos de cette nuit-là que tu as écrit à tante Céline n'est-ce-pas? Lettre inachevée. Lettre jamais postée. Pourquoi? Était-ce la honte, maman, ou la fierté? Ou bien était-ce la peur? Nul besoin d'être mal à l'aise maman, j'ai connu la peur moi aussi.

Cher journal, j'agrafe ci-dessous la lettre inachevée de ma mère pour boucler la boucle, pour clore le chapitre, pour achever, enfin, son geste interrompu.

***

Ma chère Céline,

Je vais bientôt partir. Si j'ai épousé Paul il y a onze longues années, c'est par amour pour notre mère. Je vais le quitter sous peu, pour l'amour de moi et pour l'amour de Thérèse. Je la laisse avec son père. Elle sera mieux avec lui qu'avec moi. J'ai besoin de me ressaisir. J'ai été un bien piètre exemple pour elle.

Céline, j'ai perdu toute liberté et toute dignité. Si je reste, je vais mourir. Essaie de me comprendre, je t'en supplie.

Il y a quelques nuits, il m'a prise de force. Devant mon refus, il m'a sauvagement montée et m'a tenu les poignets pour mater ma résistance. La petite dormait tout près. Je ne voulais pas crier pour ne pas la réveiller, mais le bruit du combat et de nos voix ont dû l'atteindre, car, tout à coup, elle était là, à côté du lit à dire: «J'ai peur.» Ma pauvre petite! Voir ses parents ainsi. Paul lui a crié de s'en aller. Elle a reculé, le visage figé de terreur.

Nous ne l'avons plus entendue. Elle est devenue comme invisible.

Contrarié, il s'est brusquement retiré en maugréant. J'avais le cœur battant, le visage échauffé par sa barbe du jour, les poignets tout blancs et endoloris. Je l'aurais tué, Céline, je te le jure. Si ce n'était de la petite, je le tuerais. Même si tout le monde le considère bon et saint!

Je suis restée immobile un long moment, n'osant même pas respirer de peur qu'il s'éveille et que ça recommence. Quand il a finalement ronflé, j'ai regardé vers le lit de la petite: elle était pelotonnée près du mur et pas un son ne s'échappait d'elle. Je priais pour qu'elle dorme et qu'elle n'ait été que somnambule encore une fois.

Dès ce moment-là, j'ai élaboré mon plan: sortir Thérèse de notre chambre au plus tôt (je ne me pardonnerai jamais d'avoir accepté, pour une question d'argent, qu'elle y soit), donner congé au pensionnaire, installer la petite dans sa chambre à elle et, le plus tôt possible, partir. Partir enfin. Vers Montréal probablement. Je pourrais toujours trouver du travail là-bas, dans les grands magasins de la rue Sainte-Catherine.

Céline, il y a autre chose. Au matin, chacun de nous a vaqué à ses petites affaires. Pas un mot ne fut prononcé au sujet de la nuit. Thérèse n'en a pas parlé et moi encore moins. Mais, en sortant son lit de la chambre, j'ai trouvé plusieurs paires de caleçons sous son lit, tachés de sang. De ça, toutefois, je lui ai parlé, dès son retour de l'école. Je n'étais pas très prête tu comprends, je ne m'attendais pas à cela. Elle n'a que dix ans la pauvre petite. Elle n'a rien compris à mes explications. Elle pleurait. Ses propos étaient incohérents. Elle parlait de rêve, de pluie, de sang, de peur. Tout était confus et j'étais confuse aussi.

Céline, tu es sa marraine. Quand je serai partie, parle-lui de tout cela et, plus tard, le temps venu, parle-lui de moi et...

***

Non Maman, personne ne m'a parlé. Mais je vous ai tous déjoués, car j'ai su sans savoir, tout comme j'ai vu sans voir. Les balles traversaient le cerveau sans entraves. Elles allaient se loger en permanence quelque part dans mon cœur. Merci d'être restée. Je vous aimais tous les deux.

Mais toi, Maman, as-tu trouvé ailleurs une consolation qui te rendait la vie supportable? Ou es-tu morte de douleur cette année-là, à l'âge de trente ans? Est-ce par oubli qu'on a mis tout ce temps à t'enterrer? Tu as été bien louangée, aujourd'hui. Toute la communauté était là, fervente, priante. «Épouse fidèle, a dit le curé, veuve exemplaire, femme forte de l'Évangile, comme Marie qui a donné son fils unique, elle a donné sa fille unique.» Et moi, gardienne du secret, de la vérité, seule survivante de la trinité manquée, des suppliciés crucifiés sur croix de lits, je me pose la question: je dis ou je ne dis pas? Je garde ou je détruis? Je montre au grand jour ou je cache tout, fidèle à la lignée mensongère?

Papa m'a dite issue d'une nuit d'amour et non d'un viol conjugal. Ce serait si bon de croire cela. J'ai besoin de croire qu'il m'a dit la vérité et qu'il n'a pas seulement cherché à me consoler et à réparer son tort. Par amour pour vous, je détruirai les écrits.

Je te dis adieu, cher journal, cher vieil ami. Je me rirai donc seule de l'ironie du destin qui, un jour béni, m'a imposé le nom de Sœur Thérèse-du-Précieux-Sang.

Claudette Bois-Ryan

LE TABLIER GRIS

J'ai rencontré Georges un soir où je jouais à la cachette avec des copains. Lassé d'être découvert presque à tout coup, je cherchais le refuge idéal. Par hasard, je me retrouvai à l'arrière de la boulangerie qui, du coin de la rue, embaumait tout le quartier.

La porte de l'entrepôt était grande ouverte, sans doute pour assurer un courant d'air dans le vieil édifice surchauffé. Après un moment d'hésitation, je me glissai à l'intérieur: ici, on ne me trouverait pas. Je m'avançai parmi les poches de farine empilées jusqu'au plafond. Comme je me faufilais entre deux piles de sacs, une voix forte m'arrêta. «Qu'est-ce que tu fais là, mon bonhomme?» Je sentis le sang me réchauffer les oreilles. Je me retournai et aperçus une silhouette qui occupait tout l'encadrement de la porte qui menait à la boulangerie. «Rien», dis-je, d'une voix cassée par la surprise et la peur.

«Comment ça, rien?

— Rien... je cherchais un endroit pour me cacher de mes amis.»

Pendant que j'essayais d'expliquer ma présence, l'homme avançait. Il s'arrêta à quelques pas de moi et m'observa dans la lumière blafarde. Il était gros et paraissait très fort. Il ne parlait toujours pas et chaque seconde de silence augmentait mon angoisse. Après un léger haussement d'épaules: «Tu ne peux pas jouer ici. D'abord c'est dangereux et le patron n'aimerait pas.» Pour illustrer son affirmation, il poussa la pile de poches de farine à sa droite. Celle-ci s'effondra dans un sourd nuage blanc. J'avais reculé dès que j'avais vu la colonne de sacs vaciller. Il avait obtenu l'effet voulu.

«Tu cherches une cachette à toute épreuve? Suis-moi.»

Il me guida vers une petite remise à l'extérieur de l'entrepôt. Dans ce réduit, on empilait les sacs et les contenants de graisse vides.

«Ici, ils ne te trouveront pas. Ferme la porte en partant et n'en parle à personne. Le patron n'aimerait pas davantage et tu ne veux surtout pas dévoiler une planque sûre à tes copains.»

Je le remerciai et me tapis au fond de la remise. Personne ne me découvrit. L'ennui me poussa bientôt hors de mon refuge. Je venais de comprendre que l'intérêt du jeu de cachette augmentait avec le risque d'être découvert.

À quelques jours de là, dès le réveil, ma mère m'envoya chercher un pain à la boulangerie. De l'entrée, je reconnus le gros homme qui m'avait caché. Il me sourit et vint vers moi. «Tiens, si ce n'est pas mon joueur de cachette. Est-ce qu'on t'a trouvé?

— Non.

— Je te l'avais dit.

— Oui... dis-je, ne sachant quoi ajouter.

— Georges.

— Je ne m'appelle pas Georges.

— Moi, je m'appelle Georges et toi?

— Pierre.

— Salut Pierre, qu'est-ce que tu veux ce matin? Il est trop tôt pour jouer.

— Un pain tranché.

— Tiens voilà, c'est 20 cents.»

Je payai. «Salut! À bientôt!

— Bonjour!»

Je sortis. Mon cœur frémit: je venais de me faire un nouvel ami.

Après ce jour, j'allai souvent à la boulangerie pour regarder travailler Georges, jaser avec lui ou simplement sentir l'odeur du pain chaud. Je donnais un coup de main pour transporter les ingrédients, je rangeais les chariots et aidais à charger les voitures de livraison. Sans arrêter de travailler, Georges m'expliquait comment on fait le pain et me racontait des histoires. Il répondait avec patience à mes questions, souriait au récit de mes aventures d'enfants, sympathisait avec mes peines et savait simplifier les problèmes les plus complexes. Il ne parlait presque pas de lui-même. Je sus seulement qu'il vivait seul et qu'il aimait son travail par-dessus tout.

Chaque fois que j'entrais dans la boulangerie, je cherchais du regard le tablier gris. Georges portait, je ne sus jamais pourquoi, un tablier gris alors que tous les autres travailleurs étaient vêtus de blanc. C'était un grand tablier qui descendait jusqu'aux genoux, enveloppait le ventre rond et encadrait la poitrine; un cordon remontait vers les puissantes épaules, contournait le cou qui faisait bloc avec la tête couronnée de cheveux ras. Le grand sourire habituel égayait sa figure rougie par la chaleur du four et maquillée d'une fine couche de farine.

Georges parlait fort et riait gras. Mais quand il pétrissait la pâte, il devenait sérieux, ralentissait le geste; même les mouvements qui demandaient de la force, se chargeaient de délicatesse. À certains moments, penché sur sa table, il prenait l'air solennel du prêtre à la messe du dimanche.

Le pain enfourné, il s'arrêtait, avalait un Pepsi en quelques gorgées. Sa figure où la sueur s'accrochait aux rides qui se multipliaient depuis des années, rayonnait. Bientôt, il sortirait le pain du four et enfournerait un autre chargement qui attendait sur les chariots en métal. Ainsi de huit heures du soir à huit heures du matin, à longueur de nuit et d'année, le gros Georges répétait son rituel.

Avec les années, mes visites se firent plus rares. J'allais au collège et je travaillais l'été pour aider à payer mes études. Une nuit, au retour d'une fête, j'eus le goût d'un pain chaud, comme cela m'arrivait à l'occasion. Rien d'anormal, mais ce soir-là, une force mystérieuse me poussait vers la boulangerie. Cela dépassait le simple goût du pain frais que je mangerais avec de la mélasse et du fromage.

Je pénétrai par la petite porte du côté. Georges était devant sa table. Il pétrissait la pâte avec sa lenteur habituelle. Il ne m'avait pas vu entrer. Je l'observai. Les gestes des milliers de fois répétés se prolongeaient encore une fois dans le temps. Mais quelque chose n'allait pas, le cœur n'y était plus. La rougeur coutumière de sa figure ne perçait plus la fine couche de farine et des rides d'inquiétude empêchaient le sourire familier de s'épanouir. Un mystérieux malaise m'envahit, devint vite insupportable. J'en attribuai l'intensité à la fatigue et à l'alcool consommé plus tôt en soirée. Il leva la tête...

À peine un moment d'hésitation, il me sourit. Je remarquai deux sillons qui rayaient à la verticale la couche de farine sur ses joues. Il passa une manche sur sa figure, s'essuya les mains sur son tablier et s'avança vers moi. Il saisit au passage un pain sur un chariot. Au comptoir, il l'enveloppa et fit un effort pour sourire de nouveau. «Je te le donne.» Je protestai, il insista, rit de ma mauvaise mine, m'exhorta à dormir davantage et à ne pas trop courir les petites filles.

Sa voix semblait venir de loin, de l'intérieur de son corps. Mon trouble s'en trouva augmenté et je sortis de la boulangerie presque à la course.

Arrivé chez moi, je ne pus manger une seule bouchée du pain. Je restai assis un long moment à gratter du bout des doigts la croûte solide qui s'écaillait par endroits. Tout à coup, je saisis la miche, la brisai en deux et la humai longuement. Je pris conscience de mon geste comme si je m'éveillais en sursaut d'un rêve. Je montai bientôt me coucher et je m'abîmai dans un sommeil agité de cauchemars.

Le lendemain, je me rendais au travail quand j'aperçus l'auto de police et une ambulance devant la boulangerie. Quelques curieux se pressaient devant les portes. On parlait d'accident... de vol... de blessés...

Impossible d'entrer. Je me souvins de la porte de l'entrepôt. Je contournai l'édifice. Malgré la couche de poussière mêlée de farine qui couvrait les carreaux, je distinguai par terre une forme humaine étendue sous une couverture. Un bout de tissu gris dépassait de celle-ci. Mon regard suivit celui du policier vers le plafond. Une corde fixée à une solive se terminait par un nœud coulant d'une efficacité fatale. Mes larmes brouillèrent la scène, je dus m'asseoir. Je ne pus pas aller travailler ce jour-là. J'étais hanté par des images de Georges et le film comme une boucle sans fin revenait toujours à la même séquence funeste.

J'appris plus tard que Georges n'avait pas pu supporter sa mise au rancart. On allait le remplacer par un pétrin mécanique qui ferait tout le travail. Il n'aurait qu'à verser des ingrédients prémesurés et à appuyer sur des boutons. Il n'avait pas pu souffrir de ne plus officier à ce rituel qui était toute sa vie.

Aujourd'hui, il ne reste rien de la vieille boulangerie. Aucune trace ne laisse soupçonner l'existence même de celle-ci ni des gens qui y ont travaillé, sinon mon souvenir d'un gros homme qui portait un tablier gris.

Pierre Boileau

DOUCEURS AMÈRES

Tu fouilles distraitement dans ton sac à main à la recherche de tes clés, quand tu entends le premier coup de la sonnerie du téléphone à travers la porte. Tu réponds au troisième coup, le souffle un peu court, griffonnes une brève note, raccroches. Les doigts de ta main gauche restent posés sur le combiné, la main droite monte, encercle la naissance du cou, se presse contre la chair, dans l'encolure de la blouse. Tu vacilles sur tes jambes. Une onde, l'adrénaline sans doute, parcourt ton corps, à la recherche d'un exutoire. Mais tu demeures bien droite, refoulant les pensées et les émotions qui t'assaillent. Pour l'instant. Tu auras plus tard le temps de réfléchir, d'éprouver à leur juste mesure tes peurs et appréhensions naissantes. Ce dont tu as besoin pour le moment, c'est de lumière.

Celle que t'apporte la fenêtre du salon, une fois la toile relevée, te semble insuffisante. L'arrangement de fleurs de soie posé sur un guéridon y trouve toutefois son compte. La cuisine ouverte sur le vivoir répond mieux à tes attentes, même si les chauds rayons du soleil baignent un décor de repas terminé à la hâte: verres de lait à moitié vides, quelques croûtes de pain grillé, un pot de confiture non refermé, des assiettes sales. Tu as soif. Tu aimes bien marcher du travail jusque chez toi, mais la chaleur, parfois, t'accable. Comme ce soir. Marc, ton mari, rentre plus tard, les enfants jouent dans le voisinage. Ils ne pointeront le bout du nez que lorsque leurs derniers amis les auront désertés.

Tu laisses couler l'eau du robinet, remplis un verre que tu avales à grandes gorgées. Ne peux réprimer une petite grimace; cette eau a toujours aussi mauvais goût. D'un geste lent, tu dénoues la courroie de tes sandales, vas les retirer dans un coin. Le contact de tes pieds nus sur les carreaux a d'abord sur toi un effet apaisant, mais après quelques pas, est-ce la surface uniformément plate et lisse du sol, tu éprouves une vague nausée. Rappel peut-être un peu trop brutal des vastes étendues bétonnées que tu viens de traverser.

À travers le feuillage du jardin, ton regard croise, sur le tronc de l'érable, le cercle parfait de l'écorce qui, d'une année à l'autre, se referme davantage sur la plaie autrefois béante d'une amputation. Bientôt, il n'en restera plus qu'un indice. Dans le coin de la fenêtre, une araignée tisse des liens invisibles. La vie, partout, tenace et fidèle à ses lois. Nul besoin de témoins. Et si notre rôle se bornait à cela: observer la vie, être spectateurs. Conviés à nous asseoir aux premières loges, nous demeurons dans le hall avec la foule cherchant l'entrée de l'amphithéâtre. De surcroît, nous nous croyons acteurs...

Tu chasses cette idée de ton esprit; elle te ressemble si peu. Tu crois au contraire que la vie t'appartient, que tu as le pouvoir d'en infléchir le cours à force de volonté et de détermination, sinon à coup de rêves. N'est-ce pas cette dernière voie qui te semble la plus prometteuse quand tu parviens à étaler sur une toile tes espoirs les plus fous? Ta plus récente «rêverie» en cours d'exécution repose d'ailleurs sur un chevalet dans un coin du vivoir. Tu l'as intitulée «Survie de la planète».

Contre le bleu laiteux d'un ciel de fin d'après-midi d'été, surplombant un paisible paysage de banlieue verdoyante, deux sommiers d'une autre époque, à ressorts et à lames, semblent tournoyer sur eux-mêmes, comme en apesanteur. Une carcasse de voiture et un châssis de bicyclette se sont dernièrement ajoutés dans leur sillage. Tel est désormais le sort réservé aux déchets de métal: on les expédie dans l'espace, dans une zone magnétisée, juste au-dessus des habitations. Les rebuts n'y restent jamais bien longtemps. Ils sont rapidement récupérés par les ferrailleurs, parfois même dans le tiers monde. Le champ magnétique sert seulement de moyen de transport, comme autrefois les rivières pour les billes de bois. Au bout de la trajectoire, le feu, géant, dissout les formes, purifie le matériau, lui redonne une âme dans un autre corps.

Tu entreprends de remettre de l'ordre dans la cuisine, avec précision. Un verre glisse tout à coup de ta main droite, s'écrase sur le carreau. Tu le tenais pourtant solidement. Ton bras, victime d'une panne de courant. Comme l'autre jour, lorsque tu tentas de freiner ta bicyclette, tes doigts refusèrent d'obéir.

Cet incident ou un autre semblable, il vient de se produire, il s'est produit hier, il se produira dans deux jours, une semaine. Il est inévitable. Je suis ton médecin, je le sais. Et tu le sais aussi depuis que tu as reçu le coup de fil de ma secrétaire qui te fixait un nouveau rendez-vous. Tu ignores toutefois que, depuis deux semaines, je te suis en imagination en de courts tableaux de vie quotidienne, te prêtant les pensées et sentiments lus en filigrane dans le jeu de tes mains, ton pas, ton allure.

Le jour de ta visite, tu portais une jupe fuchsia, un chemisier bleu royal, les cheveux coupés à la garçonne. Cette visite, tu t'y étais résolue bien plus pour calmer les appréhensions de ton entourage que pour satisfaire ta curiosité. À ta façon de m'exposer les incidents qui t'étaient arrivés, tes violents maux de tête imprévisibles, j'aurais pu croire que tu me parlais d'une autre personne. Mon examen ne révéla rien de précis, sinon une zone un peu floue sur la rétine de l'œil gauche. Je te prescrivis une batterie de tests auxquels tu ne fis aucune objection. Ce que d'aucuns risquaient de prendre pour de la nervosité, je l'ai tout de suite interprété comme de la fébrilité. Il te tardait de quitter cette pièce pour te retrouver enfin libre. Dehors, tu pourrais reprendre le fil de tes pensées, mesurer de nouveau la richesse de la vie à l'intensité du flux d'énergie qui te traverse. Il y a tant à faire, à voir et à découvrir, ici et ailleurs, tant de liens à nouer, de portes à ouvrir, de solutions à imaginer. Le temps, l'argent aussi sans doute, sont des instruments que tu plies depuis long-temps à tes lois, de simples outils que d'autres déifient... Mais l'évocation de ta vie à ras bords me fait tout à coup très mal.

Je ne savais pas jusqu'à ce moment à quel point j'évo-luais dans un monde clos. En rétrospective, ma vie prend l'allure d'une improvisation sur le thème du conformisme. Je marche dans les pas de mon père qui a marché dans ceux du sien. Il y a des valeurs qu'on ne remet pas en cause, même quand celles-ci ont pris l'allure de contraintes sociales, d'un tissu de concessions aux goûts du jour. Ta rencontre a fait naître en moi un élan d'espérance pour une liberté dont je ne soupçonnais pas l'existence. Ses premières manifestations ont pris la forme de ces rêves éveillés dans lesquels tu jouais le premier rôle. Je saisirais mieux ainsi, me semblait-il, le sentiment d'urgence qui t'habite et donne à tes gestes anodins une qualité aérienne. Mais pourquoi ma rêverie doit-elle si tôt se transformer en cauchemars, mon imagination, quitter la sphère de la lumière pour celle des ténèbres? Aujourd'hui, en marge de ton rapport de laboratoire, à hauteur du mot tumeur, je me

suis livré à une bien inhabituelle et gauche dissection:
«T-U-M-E-U-R... TU MEURS.... TUE... MEURS. Les ténèbres sont
parfois traversées de bien étranges lueurs...

Richard Ranger

FANTOCHE

Suspendu à la toile de la fenêtre, le coq de peluche orange et jaune dort encore dans la chambre de Guillaume. Les morceaux épars d'un casse-tête traînent sur le tapis; des livres d'images reposent ouverts au pied du lit. La maison bat au rythme heureux des derniers songes.

Du haut des gros érables, les corneilles lancent des cris à éventrer l'aube indécise. Il n'en faut pas plus pour réveiller Guillaume. De sa chambre, Élise entend remuer. À peine un soupir qui signale l'éveil, tout en douceur ce matin. Un gazouillement lance l'appel irrésistible. Les yeux encore fermés, elle sourit et chantonne à son tour «Guillaume... Guillaume...». La réponse, cascade de sons, ne se fait pas longtemps attendre. Élise se lève, entrouvre la porte. L'enfant se tient debout, éclatant, dans son pyjama pâle, les deux mains agrippées aux barreaux du lit. L'air espiègle, il jette un regard vers le coq qu'elle doit faire chanter avant de remonter la toile. Suit l'inspection de la cour: un écureuil, un oiseau ou un chat pourrait bien y rôder. Avec un peu de chance la moue inquiète du petit se transforme alors en pur ravissement. Une autre journée commence, faite des rituels tout simples qui nourrissent l'attachement entre Élise et son enfant. Une journée pas comme une autre cependant. Élise doit rencontrer Maude avec qui, depuis six mois, elle n'a eu d'échanges que par téléphone ou par lettre. Un malaise l'habite et pèse sur ses gestes quotidiens. Inquiète, déjà absente, elle enfile ses vêtements les plus ordinaires: une façon peut-être de dédramatiser l'événement.

Chez Maude, la lumière crue du matin entre par les larges fenêtres sans rideaux de la maison de campagne. Pinocchio, la marionnette inanimée, pend au bout d'une ficelle, unique décoration d'une chambre d'enfant à l'allure désorganisée: çà et là des vêtements éparpillés, des cartes de souhaits en désordre. Comme tous les matins, ces derniers mois, Maude pénètre dans la chambre de Camille. Avec un air éberlué, Pinocchio la regarde. Un jour il devait amuser Camille. Aujourd'hui, c'est dans son cœur à elle, la mère démise, qu'il s'acharne à enfoncer son nez pointu. Figée, Maude se tient là, les bras vides, le cœur en charpie, la tête affolée au milieu du décor hostile. Chaque jour, sans pouvoir y croire tout à fait, elle revit le drame qui, comme un cyclone, l'a emportée à la dérive. Le petit bras recroquevillé, la colonne vertébrale anormalement arquée, le regard absent. Images qui n'allaient jamais mourir. Ainsi s'était amorcée la série d'événements qui allaient entraîner les parents de Camille dans l'horrible drame.

Comme un automate, Gabriel roule à toute allure. Maude serre contre elle Camille dont le souffle, à trois reprises, s'arrête subitement. Chaque fois la main implorante et terrifiée de la mère frappe le petit dos et obtient grâce.

À l'hôpital le combat contre le tortionnaire anonyme se poursuit. On arrache Camille des bras de sa mère. Désormais l'enfant sera captive des tentacules de la pieuvre mécanique qui lui insuffle l'air dont elle a besoin. Femme comblée la veille encore, Maude n'est plus qu'une spectatrice impuissante. Déchue, elle se tient là en exilée que sa mémoire accable, incapable d'immigrer dans un présent dénaturé.

Les heures s'écoulent au rythme des respirations de Camille. Après deux jours d'un compte à rebours interminable arrive le moment de la décision irréversible: mettre fin aux supports artificiels. Maude et Gabriel ont à nouveau leur enfant entre les bras. Jamais n'auraient-ils pu imaginer qu'ils devraient un jour se limiter à ces caresses contenues, à ces mots timides cachant mal les élans d'amour débridé que leur cœur a peine à retenir.

L'enfant lutte, sans efforts semble-t-il, pendant plusieurs minutes, puis s'abandonne au sommeil qui la leur ravit à jamais. Maude se rappelle son baiser sur la petite bouche chaude: le pacte de son attachement de mère ainsi scellé de façon indestructible. Ce matin, il lui faut sortir de sa torpeur, se préparer pour rejoindre Élise à qui elle a donné rendez-vous.

Sur le terrain de stationnement, Élise gare sa voiture et se dirige vers l'arboretum, au centre de la couronne formée par les gros pins. C'est là qu'elle doit rencontrer Maude à sept heures. Personne. Elle s'y attendait, elle arrive toujours trop tôt. Il n'est que six heures trente. Maude... qui s'entête à vivre sans montre pour être sûre de bien sentir le pouls du réel: les humeurs impératives de la nature et celles de son propre corps. Élise savait qu'il lui faudrait attendre. Au fond, cela l'arrange. Elle ne se sent pas prête à retrouver Maude. Ce moment de répit lui permet de mettre en veilleuse son rôle de mère pour passer à celui d'amie.

Après un coup d'œil autour d'elle, Élise décide d'aller s'asseoir au pied d'un des gros pins. Elle ne voudrait pas briser ce bel arrangement des arbres entourant ce qui lui apparaît comme une scène naturelle. Enfin, c'est ce que sa tête lui dit. En réalité elle redoute le vertige qu'elle éprouverait, debout au centre de cet espace nu, seule en face de

Maude. En manque de racines rassurantes et de points de repère précis à proximité, elle craint de basculer dans le désespoir de Maude, impuissante, sans force ni goût de lutter.

Fascinée par la lumière dorée qui, à cette heure du jour, semble éclairer les choses de l'intérieur, Élise revoit les matins du passé, des matins de toutes les teintes, de toutes les saisons, qui ont servi de décor tout au long de sa relation avec Maude.

Les premiers matins, souvent sombres et pluvieux, furent ceux des rencontres professionnelles que le partage d'un même bureau imposait aux deux collègues. Lève-tôt toutes les deux, leurs conversations mêlées à l'arôme du café matinal s'étaient vite resserrées autour de préoccupations intimes. Élise avait trouvé une oreille attentive en Maude à qui elle dévoilait ses rêves. Maude prenait plaisir à tenter de découvrir le sens caché des images troublantes parsemées de détails saugrenus et en apparence insignifiants. C'est ainsi qu'elle avait pu s'approcher de la blessure encore à vif qu'avait laissée chez Élise une séparation déjà vieille de trois ans. Maude, par ailleurs, prenait Élise à témoin des soubresauts douloureux de sa relation avec Gabriel.

Puis ce fut l'époque des matins de vacances qu'elles occupaient, selon la saison et leur humeur, à la pratique d'un sport en pleine nature, prélude à une discussion animée où leur idéalisme avait libre cours.

À mesure qu'elles se connaissaient mieux, les deux amies voyaient poindre entre elles de grandes différences qui, par moments, venaient rompre l'harmonie de leurs échanges. Le tempérament intuitif, créatif et amusé de Maude se heurtait à la nature d'Élise, cérébrale, sérieuse et dominée par un sens aigu du devoir. Quand la tension montait, Maude éclatait en critiques et en accusations; Élise se refermait et prenait ses distances. Une fois la tempête passée, chacune se réjouissait de la connivence qui existait malgré tout entre elles.

L'absence d'enfant dans leur vie, qui se muait peu à peu en manque, les unissait plus que tout. Avec la quarantaine ce vide avait pris l'allure d'un sort irrévocable. Or, à quelques mois d'intervalle, le double miracle s'était produit. Le partage des joies de leur grossesse devait faire de Maude et d'Élise des sœurs de fortune liées par les pulsations de leurs entrailles.

Huit heures. Maude n'est toujours pas là. Quelque chose laisse croire à Élise que ce n'est plus simple retard ou contretemps fâcheux. Maude lui avait souvent parlé de l'inégalité de leur relation depuis la mort de Camille. «Tout le bonheur d'un côté, tout le malheur de l'autre», disait-elle. Maude n'avait d'ailleurs jamais voulu revoir Guillaume. Élise sait que Maude ne viendra pas.

Elle rentre chez elle. À sa porte, gît le Pinocchio, ingrat et inutile, qu'elle avait offert à Maude à l'occasion de la naissance de Camille.

Marie-Claude Jean

LE CERCLE PARFAIT

*Tu es au milieu de tes fleurs. Tu te déplaces, comme en rêve,
la tête en bas. Je t'appellerai Sittelle, ma pauvre oubliée.*

Dans son jardin, Sittelle s'affaire. C'est dimanche. Elle
les attend tous, les petits et les grands. Elle a fait le tour des
plates-bandes. Le jardin est si beau cette année. Oh! il y a
bien quelques mauvaises herbes, ici et là. Autrefois, à cent
lieues à la ronde, aucun jardin ne pouvait rivaliser avec le
sien. Elle n'a plus la force de se pencher pour nettoyer. Des
vertiges la prennent quand elle essaie de sarcler. La tête lui
tourne; ses jambes flageolent. Le médecin lui a dit: «Ces
étourdissements sont chose commune à votre âge, Dame
Sittelle. Vous avez passé le temps de cultiver un jardin.
Tenez-vous tranquille, si vous voulez faire une belle
vieille.» Il la taquine un peu comme ça. Juste pour
l'entendre rire. Elle sait bien qu'il a toujours aimé son rire,
doux et clair comme les petits cris enjoués d'un oiseau. Il le
lui a dit déjà, il y a bien longtemps. Elle avait ri encore plus
et rougi ensuite. Son mari vivait en ce temps-là. Elle avait
eu peur qu'il ne l'entende, de la salle d'attente, et qu'il se
mette à croire des choses. Oscar est un vieil ami. Ils ont
pratiquement vieilli ensemble, tous les trois. Mais au

moment des consultations, monsieur le docteur appelle sa patiente «Dame Sittelle» et lui dit «vous». Elle a toujours l'impression qu'il enfile de longs gants blancs pour l'examiner. Le jour où il lui avait parlé de son rire, elle s'était sentie toute drôle comme si, pour une seconde, il avait enlevé l'un de ses gants. Juste à repenser à cette longue main blanche et nue, Sittelle sent la rougeur lui monter au visage.

Voici qu'elle a enfin achevé sa trop lourde besogne. Rassemblées au milieu de la cour, les chaises ne forment-elles pas un cercle parfait? Pas encore. La plus grosse a l'air de vouloir s'échapper du cercle, qui s'étire un peu de ce côté. Pourtant, Sittelle ne peut enlever cette chaise. C'est la plus confortable, celle qu'elle retient toujours pour Marie-Claude. Non pas qu'elle ait jamais témoigné une préférence à aucun de ses cinq enfants: Marc, Chantal, Isabelle, Charles..., mais Marie-Claude est la plus jeune et la plus frêle. La plus triste aussi. Elle n'a jamais cessé de pleurer les quatre petits qu'elle a perdus, l'un après l'autre, à leur naissance. Elle pleure et, pas plus que la Rachel de l'histoire sainte, Marie-Claude ne veut être consolée. Sittelle veille sur elle comme si sa benjamine était de nouveau enceinte chaque dimanche. Elle tire l'embarrassante chaise à l'endroit précis où elle sait qu'il y aura de l'ombre quand les enfants arriveront. Le rythme est brisé; l'harmonie, rompue; le cercle, tellement difforme, qu'il faut tout reprendre à pied d'œuvre. Sittelle donne le signal. Le ballet des chaises recommence.

Heureusement, ces chaises de jardin ne sont pas très lourdes. Même une vieille femme peut encore les traîner sur la pelouse. Sittelle veut que le coup d'œil soit joli et que chaque enfant puisse retrouver sa chaise préférée à l'endroit précis où il veut s'asseoir. Marc tient absolument à rester près de sa femme, et sa femme, qui a mal au dos, a besoin d'une chaise bien droite. Lui, il fait un peu d'embonpoint. Si elle le laisse s'emparer de cette chaise fragile, il l'écrasera et... Sittelle laisse échapper les trois notes de son petit rire nasillard. Mais le rire se perd, étouffé sous l'effort. Enfin! il ne faut plus toucher à ces deux chaises! Pourtant, l'équilibre de l'ensemble est une nouvelle fois compromis. Ce siège sans bras devrait très bien aller ici. C'est la chaise préférée de Chantal qui a besoin d'espace pour déployer ses grands gestes de comédienne. Chantal s'est toujours très bien entendue avec... Comment s'appelle la femme de Marc? Un trou de mémoire. Chaque fois c'est ainsi, quand Sittelle vient pour nommer sa bru. Le nom lui reviendra bien tout à l'heure lorsque Simone — ah! mais oui, c'est ça, Simone, Simone, il ne faut plus oublier le nom de la bru avant son arrivée. Sittelle devra bien prendre garde aussi de ne pas se tromper quand il lui faudra nommer ses filles. Chantal et Isabelle sont susceptibles. Elles ne comprennent pas pourquoi leur mère n'est jamais distraite quand elle appelle Marie-Claude. Un nom double, on a le temps de le voir venir, se dit Sittelle. On le prépare doucement. Quand la bouche le prononce, il est déjà tout formé dans la tête et sur la langue. Il est comme un beau fruit bien rond. Il luit, intact, au soleil.

Bon, au tour de la petite chaise de Brigitte... Sittelle sait bien que c'est une parure, cette chaise d'enfant. Sa petite-fille a tellement grandi ces dernières années. Elle n'est jamais sûre de la reconnaître quand elle la revoit. Elle n'est même plus sûre, d'un dimanche à l'autre, si Brigitte va revenir. Était-elle là, dimanche passé? Sans doute. Brigitte ne sera-t-elle pas toujours une toute petite fille qui ne quittera jamais sa mère? Quant aux frères de Brigitte, Sittelle ne les voit plus depuis qu'Isabelle est divorcée. Au début, elle a eu peur qu'ils ne soient morts tous les deux, dans un accident qu'on lui aurait caché. Isabelle l'a rassurée, mais les deux garçons ne sont jamais revenus chez leur grand-mère. Aujourd'hui, elle ne peut même plus imaginer leur visage. Malgré elle, il lui arrive encore de les nommer quand elle parle de ses propres fils. Décidément, cette petite chaise ne doit plus convenir à Brigitte. Quand même, Sittelle tient à elle pour la beauté du coup d'œil. Où la placer? Ici, à la gauche de sa propre chaise. Elle prend si peu de place. Personne, d'ailleurs, ne s'assoit jamais à sa gauche. Il y a toujours une place vide de ce côté. Ils savent tous que sa bonne oreille, c'est l'autre. Quand ils veulent lui parler, ils doivent venir en face d'elle. À sa droite, Marie-Claude, elle, ne parle pas. Elle n'a jamais rien à dire. Les autres chuchotent que sa ménopause lui a fait perdre l'usage de la parole. Mais Sittelle a bien remarqué que, après chacune des naissances de ses quatre petits bébés, Marie-Claude semblait avoir de plus en plus de difficulté à se mêler à la conversation. Sittelle la voit souvent remuer les lèvres. Mais elle n'entend pas les mots que sa fille prononce. Elle n'ose jamais lui dire: «Je ne t'entends pas, Marie-Claude, parle un peu plus fort, veux-tu?» Elle sait bien que Marie-Claude est du côté de sa bonne oreille. Il ne se peut tout de même pas que je sois devenue complètement sourde, songe Sittelle.

Ouf! Elle n'en peut plus. Au moins, elle a fini. Les chaises sont disposées à son goût. Elle s'assied à sa place pour mieux juger du coup d'œil. D'ici, le cercle est presque parfait, sans être rigide. Oui, on dirait un cercle vivant, tout bleu, sur le vert de la pelouse. C'est le bleu des coussins du siège et du dossier qui frappe le regard d'abord, même si les chaises, elles, sont toutes blanches. Sittelle se lève péniblement. Elle veut pouvoir juger du coup d'œil à partir de chacune des autres chaises.

De la place de Marie-Claude, le cercle paraît se déformer un peu. À cause du tabouret qu'il a fallu ajouter devant la chaise réservée à Chantal, ou plutôt à Isabelle, qui a déjà fait une phlébite. Mais comment s'y prendre pour ne pas être obligée de tout défaire et de tout refaire? Juste éloigner un peu la chaise d'Isabelle, peut-être... Se lever, se pencher, se relever, se rasseoir sur la chaise de Marie-Claude, oui, c'est mieux, se reposer un peu maintenant, mais surtout, ne pas fermer les yeux avant d'avoir vérifié, encore une fois, à partir de tous les points de vue, la beauté de l'ensemble.

À cette heure-ci, les oiseaux envahissent la haie de cèdres qui entoure le jardin. Leurs chants ravissent Sitelle qui rassemble toutes ses énergies. Elle se revoit, petite fille. Elle clopine autour des chaises vides. Chaque fois que la musique s'arrête, à bout de souffle et de rire, elle se précipite sur la chaise la plus proche. Quand donc le soleil s'est-il mis à décliner? L'ombre est arrivée sur la chaise de Marie-Claude, sans que Sittelle le remarque. Les enfants devraient déjà être là. Les ballerines bleues doivent poursuivre leur danse, même si elles se déplacent de moins en moins vite. Quelques pas encore... La dernière glisse et s'immobilise.

Sittelle s'est traînée jusqu'à sa chaise. Elle s'est laissée tomber. Enfin... elle va pouvoir... se reposer un peu... fermer les yeux. Même si elle somnolait un moment, ce n'est pas grave: les enfants savent bien qu'elle n'entend plus la sonnette de l'entrée. Aussi prend-elle toujours soin d'enlever le verrou, le dimanche après-midi. S'ils arrivaient, ils pourraient venir directement au jardin la surprendre. Elle se demande si elle a enlevé le verrou tout à l'heure. Elle n'a plus la force de se lever. Et puis, elle se dit que ça n'a pas tellement d'importance. Ils sont tous si grands et si forts, ils trouveraient bien le moyen d'arriver jusqu'à elle.

Tout à coup, c'est presque beau comme un rêve: ils sont tous là, à la place qu'elle a préparée pour chacun. Il n'en manque pas un seul. Même Brigitte est assise bien sage-ment sur la chaise d'enfant et ses deux petits frères sont accroupis sur la pelouse de chaque côté d'elle. Elle laisse échapper un petit rire de surprise, Sittelle, puis elle rougit et met la main devant sa bouche. Soudain, elle se redresse. Le beau cercle bleu trop parfait et trop silencieux s'est détaché d'elle. Quels sont donc ces yeux qui luisent et qui tournent autour d'elle en une ronde hallucinante, tels les chats invisibles dans la nuit bleue? Elle a peur, Sittelle, tellement peur, qu'elle se met à rire d'un rire nerveux, qui ressemble à l'appel d'un oiseau pris au piège. Puis elle laisse tomber sa tête à la renverse. Quand elle ouvre les yeux une dernière fois, elle voit le cercle qui tourne de plus en plus vite sur la pelouse verte. Un cercle parfait. Un cercle dont le bleu a commencé à pâlir. Il vire au blanc. Les yeux renversés de Sittelle sont blancs aussi. L'ombre, qui enveloppait la chaise de Marie-Claude, se répand sur le cercle entier. Le jardin de Sittelle s'éteint en plein dimanche.

J'ai trouvé ma vieille amie toute seule parmi ses fleurs. La tête en bas, partie dans un rêve, elle était entourée de chaises vides qui formaient une belle couronne bleue au milieu du jardin. Sur ses paupières restées entrouvertes, j'ai posé avec douceur mes doigts nus. Dans son oreille droite, j'ai murmuré: «Au revoir, Dame Sittelle, ma pauvre chère oubliée.»

Gabrielle Poulin

LES FIANCÉS DE MIDI

Ma plume crache son encre noire par petits paquets de peine sur les feuilles largement raturées. Le sang et le sable collent à ma main. Je ne fais que bâtir le pont qui me mènera de l'autre côté de l'absence.

J'ai ouvert la porte pour que l'air entre et m'apporte un peu de fraîcheur. Il est trop tard. Plus un souffle ne passe. Il est trop près de midi.

Je suis si fatiguée. J'ai peine à tenir la plume qui me ramène invariablement à ce carré de sable. J'y retrouve mes filles. Élise et Isabelle. Elles étaient alors si petites. Comme elles aimaient nos pique-niques improvisés. Nous apportions du pain, du fromage, du jus, quelques fruits, des biscuits. Nous mangions au pied des grands arbres. Vite, elles retournaient à leurs pelles, à leurs seaux. Je n'aimais guère toucher au sable qui s'incrustait sous mes ongles, me faisait frissonner, me donnait le goût de l'eau.

Nous allions nous rafraîchir à la fontaine. Nous y buvions l'eau avidement et nous nous en aspergions les bras, les joues, le front. «Encore, maman, encore», disaient-elles. Je me souviens si bien de leurs barboteuses jaunes, à fleurs roses, à bateaux blancs. De leurs cheveux qui roulaient en boucles sur leur petit cou gras. Comme je les sentais bien dans l'enfance. Comme la vie était promet-teuse. Je ne me console pas des larmes qu'elles ont versées, de leurs petits cris apeurés sur la glissoire. Je me rassasie au souvenir de leurs rires de gorge à chaque mouvement de balançoire. Les coudes ou les genoux éraflés, parfois. Sang et sable mêlés.

Je reste désemparée devant ces feuilles que je viens de remplir, pareilles à celles que je noircis jour après jour, sans trop savoir pourquoi. Pour ne rien oublier peut-être, me retenir à la vie, me souvenir du mot bonheur?

Le soleil entre à grands pans de lumière dans la cuisine. J'ai préparé du café. Rien ne me presse. Il ne me reste qu'à écrire, puis, écrire encore. Retracer une autre fois l'histoire de nos enfants amoureux. Ces fiancés ardents momifiés à jamais dans la splendeur du jour. Dresser le bilan de la vie que leur mort soudaine nous a légué. Classer le désordre et la défaite au dossier de ma mémoire vive. Un témoignage à sauvegarder: le patrimoine démoli que représente l'amitié éclatée sur une route de campagne en plein midi. Il y a trois ans, aujourd'hui.

Quand c'est arrivé, nous connaissions Martin et Jeanne depuis vingt ans au moins. Nous avions fait connaissance grâce aux enfants, puis nous étions devenus amis. Aussi, avions-nous accueilli avec autant de bonheur que de surprise la nouvelle de leur mariage. Élise et Laurent allaient s'épouser. L'union prochaine de nos enfants allait nous mener au-delà de l'amitié.

C'était le dimanche juste avant la noce. Paul avait suggéré que nous invitions Jeanne et Martin à venir passer le *week-end* à la campagne avec nous. Les enfants nous y rejoindraient. Isabelle, Élise et Laurent. Nous étions si légers. Rires et sourires. À quatre, nous avions passé la matinée à préparer un repas somptueux en l'honneur des fiancés. Nos enfants qui s'aimaient.

Longtemps, Élise ne nous avait rien dit de son amour

pour Laurent. Jeanne affirmait que Laurent avait été tout aussi discret avec eux. Bien sûr, nous savions qu'ils se voyaient. Même université. Même faculté. Il nous avait fallu du temps pour déceler le secret bien gardé de l'amour entre elle et lui.

Je n'aime pas cette histoire. Pourquoi me faut-il sans cesse y revenir, en imaginer la sordidité? Ils gisent sur la route. L'un en travers de l'autre. Le métal cabossé fume encore. Une seule mince coulée de sang teinte le gravier et leurs vêtements aux couleurs de fête et d'été. Un peu de poussière dessine une ombre légère sur leurs visages trop pâles soudain. Le soleil ne les atteint plus.

Je dois exorciser ces images de sable et de feu qui m'assaillent. Ces images pourtant réelles de mort brutale. Ma fille blonde, rose pêche, partie pour toujours avec son amoureux. Je reste aveuglée par le nuage de poudre dorée qui couvre leurs traits paisibles et leurs membres disloqués. Statues de sel figées dans la lueur de midi.

L'été jusque-là avait été magnifique. Nous profitions de la campagne avec bonheur. Nos paisibles réveils étaient suivis de journées passées calmement au bord du lac, bercés par le bruissement du vent et le bruit sec parfois de la rame frappant la surface de l'eau. À la nuit tombante souvent, nous nagions autour de la baie réchauffée par la chaleur du jour.

Nous n'avions pas le téléphone. La tranquillité assurée. Aussi, quand Isabelle est arrivée, figée dans son silence qui livrait la nouvelle mieux que toute parole, quand Isabelle est arrivée, nous avons su.

Élise, Isabelle. Mes chères filles. Qui n'étaient plus des enfants déjà. Qui allaient et venaient comme elles le voulaient. Jeunes, belles et confiantes en la vie, qui tenaient, semble-t-il, la promesse de leur enfance épanouie. Nous en tirions tant de gloire, Paul et moi. De quel droit?

J'aurais voulu qu'il pleuve, que la chaussée soit

glissante, qu'on annonce l'orage. Au moins, je me serais inquiétée. La nouvelle m'a frappée de plein fouet, sans m'étonner pour autant. Comme si j'avais toujours su et que ce jour n'eût attendu qu'à venir.

Le soleil nous avait fait faux bond. Je sentais la chair encore tiède de mon enfant bien-aimée, ses cheveux collés à sa nuque, comme au temps de ces étés lointains passés sous les chênes et les érables feuillus entre glissoires et balançoires, dans les éclats de bonheur et les coups de sueur.

Nous avions passé la matinée à préparer un repas somptueux pour nos enfants qui s'aimaient. C'était dimanche. C'était l'été. Nous allions être de la famille. Une amitié de vingt ans solidifiée par l'alliance de nos enfants. Je me rappelle la piquante odeur d'ail des suprêmes de volaille pochés, le rouge profond de l'aspic, le petit amoncellement rose des crevettes fraîchement décortiquées et, à côté, celui de leurs coquilles, vides et transparentes. Paul et Martin revenant tout juste du village avec le gâteau meringué. Nous les attendions. Nous étions prêts. Il ne leur restait plus qu'à arriver. Nos enfants. Les fiancés.

Ils ne sont pas venus. Erreur à l'agenda. Autre rendez-vous.

Isabelle se tient là, seule. Blanche et livide. Avec sa nouvelle funèbre. Elle les suivait en voiture. Elle a vu l'accident. Elle a vu sa sœur mourir. Elle a tout vu. Le trac me ronge. Je le reconnais. Entrailles contractées. Langue épaisse prenant tout l'espace et trop d'air dans ma bouche asséchée. À côté de moi, mon mari, mes amis. Sans crise et sans cris. Paralysés.

Le tourbillon de la mort et de ses formalités nous a fait tournoyer avant de nous rejeter sur la plage déserte de notre nouvelle réalité. Loques et épaves. Abandonnées. Sans sépulture.

Nous n'avons plus qu'un passé. Nous ne faisons plus

qu'un seul bruit. Craquement de glaçons qui s'entre-choquent dans une carafe presque vide. Tintement froid à peine perceptible. Le silence nous a gagnés. Nous ne nous parlons plus. Nous ne nous voyons plus. Jusqu'à l'amitié qui a été rompue.

Laurent conduisait. Élise était passagère. Il a causé sa mort. L'avocat a été clair: simple mesure légale. Il faut réclamer. Pourquoi? Est-ce la poursuite qui a fait chavirer vingt ans d'amitié? De quoi sommes-nous riches aujourd'hui? Il ne nous reste que la vie froide et nous la passons chacun de notre côté. Paul vit ailleurs désormais. Tout près, mais dans un autre monde. Il n'a plus rien à dire. Plus rien à me dire. Jeanne et Martin sont redevenus des étrangers. Le temps s'est arrêté.

J'ai refait déjà mille fois le chemin entre les châteaux de sable de l'enfance, sous des feuillages frémissants, le long des grandes routes sèches de l'abandon. Pourtant, je reste toujours sur place, désemparée devant la page blanche ou les feuilles noircies, la plume lourde au bout des doigts, perdue dans les jeux vils de mes déserts de fortune. Désormais, je le sais, il sera toujours midi.

Louise L. Trahan

COUVRE-FEU

Nous avions rendez-vous près de la grande horloge, l'horloge en fleurs de Viña del Mar. Ana était arrivée la première et m'attendait, frissonnante: partie en vitesse, elle avait oublié son tricot et son sac à main. Dans la poche de sa jupe, elle avait juste assez d'argent pour le dernier autobus. Elle s'était sauvée avant que sa mère ne la voie, incapable de supporter la déchirure de son regard angoissé. Ana me confiait souvent ses révoltes contre sa mère, contre la lente érosion qui, depuis son premier enfant, avait grugé María, avait grignoté jusqu'à son visage. De la jeune fille qui avait eu nom María Isabel Cruzero y Ortiz, il ne restait qu'une *mamá*, une ombre mince qui épousait les mouvements, les joies, les désirs, les audaces, les luttes et les périls de sa famille. Même son mari l'appelait *mamá*, Pedro si fort, si grand parleur. Quand il revenait des réunions syndicales, autrefois clandestines, puis tenues au grand jour dans des locaux décorés de banderoles rouges, puis à nouveau clandestines, il s'asseyait en soupirant *Ay mamá* et l'attirait vers lui pour s'appuyer contre sa hanche.

Ana s'écriait: «Qui est-elle donc, elle qui rit à nos victoires et souffre de nos dangers? Est-elle d'accord? Je ne sais jamais ce qu'elle pense. J'aurais besoin d'un signe.» Mais devant *mamá* elle se taisait, par peur de souffler sur une flamme trop légère, de voir se creuser les cernes des yeux. Pourtant, pendant les années où s'étaient gonflés les espoirs, où les fêtes se faisaient bruyantes, il nous était arrivé de surprendre le corps de sa mère en train d'onduler au rythme d'un *cueca*. Un soir, María s'était élancée sur la piste, un foulard coloré à la main. Ses pieds suivaient la cadence sans faiblir, on ne distinguait plus ses traits tant elle tournoyait vite. En cet instant elle était unique entre mille, la María Isabel avec ses désirs à elle, son goût pour les pendants d'oreilles à clinquants et les *empanadas* toutes chaudes achetées au comptoir, son amour de la danse et des palmiers, ses doigts d'où jaillissaient des oiseaux brodés de laines multicolores. Puis elle s'était éteinte, fondue dans la foule des mères spectatrices.

Ana ne voulait pas devenir comme elle, s'émietter peu à peu. «Tu sais, Manuel, je me demande si je souhaite être ta femme. Je veux t'aimer, oui. Avoir des enfants, oui. Avec toi. Mais ne jamais devenir la mère de, l'épouse de. Rester moi, Ana.

— C'est bien ainsi. C'est toi que j'aime, toi, Ana.»

Jamais elle ne pourrait s'effriter, Ana. Ana dont le sang affluait aux joues à la moindre émotion, Ana qui, chaque semaine, faisait apprendre un nouveau poème à ses élèves. Tous les ans elle les emmenait au port et leur racontait la fabuleuse histoire de Valparaíso au temps où de grands voiliers accostaient, chargés de parfums et de soieries, où des marins au teint clair, insectes bourdonnants, envahissaient les rues en pente et s'écrasaient dans les bars à matelots. Elle montrait aux enfants comme les pauvres bicoques qu'ils habitaient, accrochées par grappes à flanc de montagne, vues d'en bas, chatoyaient de bleu, de rose, d'ocre, et arrachaient un oh! d'admiration à ceux qui voyaient leur ville pour la première fois.

Pour notre dernier rendez-vous j'avais proposé la ville sœur, toute proche, la riche, de l'autre côté du cap, la «vigne de la mer» couverte de jardins, d'hôtels, de délices. Déjà, les amis du nouveau régime y retrouvaient leurs privilèges, y faisaient venir des meubles luxueux, posaient des barreaux aux fenêtres et dépensaient leur argent au casino blanc orné de moulures rococo. «Mets ta robe la plus élégante, on nous prendra pour des fiancés bourgeois en vacances.» Il y avait moins de danger pour moi à Viña, alors que j'étais sûr d'être fiché à Valparaíso: plusieurs de mes camarades y avaient été arrêtés. Le soir même, malgré le couvre-feu, je devais partir à pied avec mon copain Oscar par de petites routes de campagne qu'il connaissait bien. Plus tard, nous nous joindrions à une organisation qui nous ferait passer du Chili en Argentine par des moyens de fortune. De là je tenterais de me rendre au Canada où j'avais de la famille.

En réalité, peut-être avais-je choisi Viña parce qu'elle me paraissait intemporelle, fade, étrangère à nos soucis. Nous n'y étions jamais allés que pour le plaisir. Dès mon arrivée, en étreignant Ana, je lui rappelai nos après-midi à la plage, tous deux isolés dans la foule. C'était là que j'avais commencé à la désirer, à découvrir les nuances dans le grain de sa peau, à frôler ses épaules et ses hanches nues. Moi, si résistant au soleil, je m'ingéniais à protéger de ses rayons le teint fragile d'Ana qui s'empourprait à un rien. Je lui achetais de grands chapeaux de paille, j'étendais de la crème sur son dos et ses cuisses. Dès les premières lueurs de rose, je lui couvrais le corps d'une serviette en la taquinant: «D'où te vient cette sensibilité? Une de tes aïeules a dû succomber au charme d'un marin anglais.» Je glissais la main sous la couverture improvisée et touchais à un point de son corps, pour me sentir soudé à elle.

À l'évocation de ces dimanches d'été, je sentis Ana toute tiède, abandonnée. Se pouvait-il que... plus jamais?

Pourquoi n'avions-nous pas fait l'amour plus souvent? C'était difficile dans nos maisonnettes où s'entassaient les familles, au milieu des ruelles tortueuses, de trouver un coin tranquille. Après le coup d'état, nos énergies se trouvaient accaparées par la lutte cachée. Depuis que je me savais recherché, je me tenais loin, de peur de la compromettre.

Nous avions connu quelques moments exaltants. La moindre audace — une affiche placardée, un renseignement refilé, la rédaction d'un manifeste — devenait une victoire. Un soir, avec la complicité d'un curé qui était des nôtres, nous avions monté un spectacle au sous-sol de l'église, quelque chose de bien, avec des journaux pour cacher les taches des vieilles tables, des lampions, du vin rouge. Des cartons couvraient les fenêtres; les amis qui composaient l'auditoire s'étaient glissés par groupes de deux ou trois. Oscar y était allé de quelques couplets satiriques qui attaquaient vous-savez-qui; sa sœur avait puisé dans le répertoire des chansonniers dissidents; les enfants Molero, dans celui des danses traditionnelles. Ana avait lu des poèmes de Neruda. À la fin tous, artistes improvisés et spectateurs, s'étaient levés en se tenant par la main — à l'exception d'Oscar et moi qui scandions la mélodie à la guitare —, et nous avions entonné le *Canto libre*, le chant à la liberté de Victor Jara, fusillé en septembre. J'avais alors pensé: «Ce n'est pas possible que nous ne vainquions pas. Ça prendra cinq, dix, quinze ans, mais la sève qui bat ici est si forte que l'herbe vit sous les pavés: un jour elle se glissera dans une fissure, elle les écartera, les disjoindra, ils s'effriteront et nous respirerons au grand jour.»

C'est ce qu'Ana me chuchota à l'oreille: «Tu verras, nous préparons lentement l'heure où tu pourras rentrer sans risque, libre.

— C'est si loin, j'ai peur pour toi. Pourquoi n'as-tu pas

voulu me suivre? C'est vrai que c'est dangereux. Mais le cousin d'Oscar, grâce à certaines influences, pourrait t'obtenir un sauf-conduit. Viens me rejoindre.

— Il fait froid là où tu vas! Ne t'en fais pas pour moi. Je ne suis pas engagée dans des grandes actions, à peine des complicités occasionnelles.

— Ton père...»

Son père et son frère Raúl, partis sous quelque prétexte établir une liaison dans le Sud, n'étaient pas encore revenus.

«Oh, sous ses airs fanfarons, papa est prudent. Il prend son temps, n'avance que lorsqu'il est sûr de la route. Et puis papa c'est papa, et moi c'est moi. Qui pourrait m'en vouloir, à moi? Et *mamá*? Je ne pourrais pas la laisser seule. Attendons la tournure des événements. Quand tu seras en sécurité, nous verrons. Comment aurai-je de tes nouvelles?

— Dès que j'aurai traversé la frontière, je m'arrangerai pour te le faire savoir par le cousin d'Oscar.»

Je regardai au loin en la serrant contre moi. Les dernières lumières donnaient au casino l'allure d'un château en fête. Des couples s'attardaient. Le soleil était couché depuis longtemps: quelques filaments pourpres à l'horizon s'éteignaient dans la mer. «Tu sais, Manuel, me dit-elle, je trouverais difficile de vivre loin d'ici. Sous le soleil ou la pluie, dans le brouillard ou l'orage, au milieu de la foule ou du silence, il y a un parfum dans l'air salin, une quiétude dans le rythme des pas et des vagues, qui m'empêchent de désespérer.»

Un matin d'hiver nous avions parcouru cette promenade sous un petit crachin, presque seuls, enveloppés de brume. À un moment donné, attirés par une musique lointaine, nous avions quitté la rive et suivi le fil de la mélodie jusqu'à une place entourée de maisons anciennes encore belles. Là se produisait la fanfare du dimanche. De vieux messieurs aux habits élimés, très droits, jouaient des tangos distingués et des valses nostalgiques. Les nuages s'étaient entrouverts et une lumière pâle avait inondé les musiciens. J'avais serré la main d'Ana et souhaité interrompre le cours du temps.

C'est cette image qui m'a soutenu au moment du départ. Nous nous sommes dit adieu à l'arrêt d'autobus.

«Dépêche-toi, Ana, il est tard.

— Ça va. Je serai à la maison avant le couvre-feu. Et toi, cache-toi vite. Tant que je n'aurai pas de tes nouvelles, tant que je n'aurai pas la certitude que tu es hors de danger, je ne pourrai respirer qu'à moitié.»

Je lui avais caché à quel point mon entreprise était risquée. Il y avait trop de chaînons. Nous étions à la merci d'une délation, d'un mouvement de patrouille imprévu. Je le savais, mais j'étais trop compromis: je n'avais pas le choix. Je me devais au moins d'essayer. Au moment de nous quitter, ce que je redoutais le plus, ce n'était ni la mort, ni la prison et ce qui s'ensuivrait. C'était la douleur d'être séparé d'elle, et l'angoisse que je lui laissais. J'aurais voulu qu'elle m'aimât moins, qu'elle ne souffrît pas à cause de moi. Quand l'autobus a démarré, j'ai senti ma peau s'arracher de mes muscles. Toute la nuit, dans les sentiers qui devaient nous mener à la liberté, j'ai crié en silence, et l'écho de mon cri se répercutait au-delà des montagnes, jusqu'au bout de l'horizon.

Ana n'est jamais rentrée. Alors qu'elle tournait le coin de sa rue, deux hommes se sont approchés d'elle et l'ont encerclée. Elle s'est débattue avant d'être poussée et emmenée de force dans une voiture noire anonyme. C'est ce qu'ont pu voir les voisins cachés derrière leurs carreaux. C'est tout ce qu'on sait. Quand je l'ai appris, j'étais déjà en Argentine. Je l'imagine, l'instant d'avant, qui monte vite les escaliers sans regarder la baie éteinte à ses pieds, pressée d'arriver avant le couvre-feu et de rassurer sa mère. Après, je n'arrive pas à imaginer. J'ai entendu trop d'horreurs pour imaginer.

Il ne me reste d'elle qu'une photo, la même que l'on voit sur les affiches d'Amnistie Internationale, parmi des centaines de «disparus» dont on a cherché en vain la trace pendant cinq, dix, quinze ans. À ses côtés, Pedro et Raúl. Sur les clichés, ils regardent encore un monde dont nul ne sait quand ni comment ils l'ont quitté.

J'ai parfois des nouvelles de María Isabel. Seule, elle a entrepris des démarches: elle s'est cognée aux portes des prisons, des avocats, des juges; elle a appris à rédiger des demandes selon les formes, à se débrouiller dans les méandres de la bureaucratie, à exiger, à vociférer. Pour survivre elle fabrique de petits pâtés pour un marchand de la ville, de ces *empanadas* qu'enfant elle aimait tant. Grâce à la coopérative d'artisanat, elle arrive à vendre ses oiseaux de laine aux couleurs d'espoir. Au début, il lui semblait souvent reconnaître une silhouette; elle était alors envahie d'une joie sans bornes. Aujourd'hui, elle ne compte plus que sur elle-même, sur ses modestes réussites et l'estime de ses amis, pour vivre apaisée.

Quant à moi, j'erre toujours entre le Nord et le Sud, entre la neige et la mer, entre les parfums d'autrefois et les femmes que je voudrais aimer, entre mes cauchemars éclaboussés de sang et la nuit de l'oubli.

Estelle Beauchamp

Estelle Beauchamp est née à Montréal, ville des souvenirs d'enfance et des premiers défis. Dans l'Outaouais depuis vingt ans, elle a enseigné le français et noué des amitiés. À l'Atelier de création littéraire de l'Outaouais (l'ACLO), ses gribouillis solitaires se sont transformés en imaginaire à partager. Elle prépare un roman.

Pierre Boileau, né à Buckingham, détient une maîtrise en littérature française de l'Université d'Ottawa. Il enseigne le français à l'école secondaire. En plus de l'écriture, la lecture, le théâtre et le cinéma occupent ses loisirs. Il termine un roman pour adolescents.

Claudette Bois-Ryan est franco-ontarienne de coeur et d'esprit. Elle a vécu et étudié à Ottawa et est bachelière en lettres françaises de l'Université d'Ottawa. Enseignante dans la région depuis près de vingt-cinq ans, elle est présentement professeure au département des Études administratives et commerciales à la Cité Collégiale.

Florian Chrétien entame une quatrième puis une cinquième carrière. Il a été conférencier (Tokyo), traducteur (Secrétariat d'État, LeDroit), professeur (Tokyo, Cornwall, Limbour), journaliste (La Gazette de Maniwaki). Il a publié *Vieillir, un privilège*. Il achève un recueil de haïku et autres poèmes à saveur japonaise, et prépare un second essai gérontologique.

Claire Desjardins est née à Saint-André (Kamouraska). Elle a enseigné et fait de la traduction. Elle demeure à Hull et travaille à l'École des langues de la Commission de la Fonction publique. Elle fait de l'animation littéraire, a publié un roman, *la Mémoire de Louise* et un recueil d'écritures libres. Elle termine un recueil de nouvelles. Elle s'intéresse à la poésie.

Maurice Gagnon, né à Ottawa avant la guerre, est artiste peintre de formation. Sa vie se partage entre deux passions: la peinture et l'amour des livres. Ce n'est que depuis deux ans qu'il tente l'expérience de la création littéraire, grâce à l'Atelier de création littéraire de l'Outaouais.

Marie-Claude Jean, originaire de Québec, a obtenu une maîtrise en psychologie à l'Université Laval. Enseignante depuis plus de vingt ans dans la région de l'Outaouais, elle enseigne actuellement à la Cité

Collégiale (Ottawa). À l'intention de ses étudiants elle a publié un volume intitulé *la Personne et son adaptation*.

Isabelle Lallemand est née à Paris. Elle a passé cinq ans au Canada où elle a enseigné et étudié la traduction littéraire en Alberta. Elle a par la suite travaillé comme traductrice et rédactrice à Ottawa. De retour à Paris en 1990, elle enseigne actuellement le français langue étrangère aux adultes.

Lise Léger est originaire d'Ottawa où elle a fait ses études (maîtrise en éducation). D'abord enseignante au secondaire, puis conseillère pédagogique, elle est présentement en détachement auprès des Services consultatifs du ministère de l'Éducation de l'Ontario. Un roman pour adolescents paraîtra au cours de l'année. Un recueil de nouvelles et un roman pour adultes sont sur le métier.

Monica Pecek est née à Timmins (Ontario), un froid matin d'hiver. Elle est de descendance slave et acadienne et enseignante montessorienne. Depuis 15 ans, elle voyage avec ardeur et elle étudie tout : de la traduction au trapèze, du flamenco à la plongée sous-marine, du tai chi à l'espagnol. Et pendant les pauses café, elle aime bien écrire de petites histoires!

Gabrielle Poulin, née à Saint-Prosper (Beauce), demeure à Ottawa depuis 1971. Elle a enseigné la littérature au collège et à l'université. Critique littéraire, elle a travaillé à Radio-Canada et publié dans des revues et des journaux. Elle a fait paraître des romans, des essais et de la poésie. Elle prépare un roman.

Richard Ranger est né à Saint-Eugène, dans l'Est ontarien, en 1947. Il a fait des études en philosophie et en traduction à l'Université d'Ottawa. Il exerce présentement le métier de traducteur pour le compte d'un syndicat de fonctionnaires fédéraux. «Douceurs amères» est sa première publication littéraire.

Louise Trahan, née à Montréal (1949), habite l'Outaouais depuis 1974. Détentrice d'une maîtrise ès arts (McGill), elle a travaillé dans l'édition et l'information. Depuis 1990, elle poursuit sa carrière à la Commission canadienne pour l'UNESCO, comme responsable du secteur de la culture. Lauréate d'un second prix au Salon du livre de l'Outaouais (1983), elle a publié des textes pour la jeunesse (McGraw-Hill, 1969).

Table des matières

Achevé d'imprimer
en février 1993 sur les presses
des Ateliers Graphiques Marc Veilleux Inc.
Cap-Saint-Ignace, Qué.